LES DEUX FILLES
DU Dr MARTIN

Isobel STEWART

LES DEUX FILLES
DU Dr MARTIN

(The Doctor's Daughters)

Roman

LES EDITIONS MONDIALES
2, rue des Italiens — PARIS-9ᵉ

CHAPITRE PREMIER

Lorsque la lettre arriva, Janette attendit long-temps avant de l'ouvrir.

Comment son père était-il parvenu à retrouver sa trace après tout ce temps ? Elle se demandait aussi, à la fois triste et irritée, pourquoi il n'y avait pas réussi plus tôt.

Vingt ans...

Depuis vingt ans elle n'avait pas revu son père. Vingt ans plus tôt, elle avait quitté la maison fami-liale. Pendant ces vingt années, elle avait vécu une existence heureuse, bien remplie, oubliant la souf-france, la rancœur, l'amère déception qui lui avaient fait quitter sa famille, son pays.

Mais avait-elle vraiment oublié ? En cet instant, la lettre de son père encore cachetée entre les mains, incapable de se résoudre à l'ouvrir, elle n'en était plus aussi sûre. Tant de souvenirs lui revenaient à la mémoire...

Soudain, elle était de nouveau cette Janette de dix-neuf ans... Elle était arrivée un soir... Elle

devait passer les vacances auprès des siens... Elle
avait quitté l'école d'infirmières sans regrets... Pour
découvrir que l'homme qu'elle aimait, le fiancé —
elle portait la bague qu'il lui avait offerte — ne voulait plus d'elle pour femme et entendait épouser sa
sœur ! Elle avait accablé son père d'âcres reproches,
l'accusant d'avoir permis à sa sœur de satisfaire un
caprice, de l'y avoir encouragée, peut-être, de
n'avoir rien fait, en tout cas, pour l'empêcher de
sacrifier son aînée. Comme d'habitude, il avait laissé
Helen agir à sa guise !

Elle était partie, ulcérée.

« Je n'ouvrirai pas cette lettre ! » décida Janette.

La lettre à la main, elle regarda par la fenêtre la
rue brûlante et poussiéreuse, le ciel bleu, sans
nuages, le soleil qui luisait férocement sur la petite
ville, une ville qui n'était pas belle, mais quelle ville
était belle au centre de l'Australie ? Elle l'aimait,
pourtant, cette ville. Depuis qu'elle y vivait, elle s'y
sentait à l'aise. Chez elle.

Arrivée en Australie, après avoir quitté la maison familiale, elle s'était d'abord fixée à Melbourne
pour y achever ses études d'infirmière. Et là, faisant un stage dans l'un des grands hôpitaux, elle
avait rencontré Steve, s'était mariée avec lui et
l'avait suivi à Quincomba Creek.

« Et je suis encore « la femme du docteur »
pour tout le monde ici », se dit-elle.

De la main, elle fit un geste amical à une femme
qui traversait la rue pour entrer dans le supermar-

ché. Cinq ans après la mort de son mari, elle était toujours « la femme du docteur ».

Durant ces cinq dernières années, Janette, ayant repris du service à l'hôpital, avait travaillé dur. Et elle devait soutenir Michael, son fils, désorienté par la disparition d'un père qu'il adorait, lui apprendre à vivre sans lui, tout en s'efforçant d'entourer la petite Lucy, orpheline à trois ans, et pour laquelle Steve n'était qu'un très vague souvenir. Et cependant, Lucy lui rappelait Steve, avec ses yeux gris, ses cheveux clairs, son sourire.

« Nous avons eu de la chance, lui et moi, pensa Janette. Nous avons eu ensemble des années merveilleuses ! » Mais que les années sans lui avaient été cruelles et solitaires !

Triste, Janette contempla la rue noyée de lumière. Elle l'y avait vu si souvent marcher à grands pas, pressé de retrouver sa femme et ses enfants, les manches de chemise relevées à cause de la chaleur, ses cheveux blonds ébouriffés au-dessus d'un visage bruni par le soleil.

Derrière la maison, la porte de la cuisine battit soudain. Janette se retourna vivement... Michael entra, posa ses livres sur une chaise, sa raquette de tennis sur une autre.

— Tu rentres de bonne heure ! dit sa mère en souriant.

Elle était contente de revenir au présent.

— Conférence des professeurs ! expliqua le jeune garçon. Y a-t-il du thé, maman ?

— Je vais en faire, dit Janette.

— Je suis passé à la poste. Madame Evans m'a dit que tu avais reçu une lettre de l'étranger... D'Ecosse, croyait-elle. De qui est-ce ?

Instinctivement, les doigts de Janette serrèrent la lettre plus fort. Une inexplicable terreur l'envahissait. Pourquoi ne l'avait-elle pas déchirée immédiatement ? Un instant, follement, elle fut tentée de dire qu'elle n'avait pas reçu cette lettre...

Elle savait bien qu'elle ne pouvait pas faire cela.

— C'est de... de mon père, dit-elle péniblement.

Michael, à dix-huit ans, était discret et réservé comme l'avait été son père ; il lui jeta un regard interrogateur mais ne posa pas de question, et Janette, en rougissant, lui donna les explications qu'il ne réclamait pas.

— Nous... avons perdu le contact, dit-elle prudemment. Il y a des années. C'est à cause de cela que tu ne sais rien de lui.

— Je vais faire le thé et te laisser lire ta lettre en paix, maman, dit Michael.

Le garçon sortit aussitôt de la pièce.

Lentement, à contrecœur, Janette ouvrit enfin l'enveloppe, bouleversée malgré elle à la vue de l'écriture de son père : *Janette, ma chérie...*

Elle parcourut rapidement la première page. Son père expliquait qu'après avoir tenté vainement de la retrouver au cours des ans, il avait découvert par hasard son adresse quelques semaines plus tôt. Sa sœur, Margaret, avait rencontré pendant ses vacances en Ecosse un éleveur de bétail qui habitait les environs de Quincomba Creek. Il donnait des détails sur la manière dont le nom de Janette avait été mentionné par la tante Meg, au cours d'une conversation. Janette tourna la page. Là, l'écriture était moins ferme comme hésitante.

Janette lut :

Je n'ai pas oublié, Janette, ce que tu m'as dit il y a tant d'années, mais... vingt ans, cela fait beaucoup de temps. Tu es ma fille et tu m'as manqué terriblement. J'aurais tant voulu savoir ce que tu devenais, comment tu allais ! Maintenant, enfin, je t'ai retrouvée, et j'ai la possibilité d'essayer de racheter ces longues années de séparation.

Reviens à la maison, Janette, reviens chez nous avec tes enfants. Je sais que tu es seule au monde, à présent. Ton fils et ta fille pourraient grandir dans la maison où tu as grandi ! Je me chargerais de leur éducation... et ce serait pour moi une grande joie que de connaître mes petits-enfants !

Très longtemps, Janette demeura immobile, dans la pièce qu'assombrissait l'approche du soir, tenant encore à la main la lettre de son père.

Michael apporta le thé et annonça qu'il allait chercher Lucy chez les éclaireuses.

Janette ne reprit vraiment conscience de la vie réelle qu'en voyant revenir Michael, tenant sa sœur par la main. Elle les contempla tous les deux, ses enfants chéris, et elle se retrouva chez elle, dans une petite ville d'Australie.

— J'ai passé mon examen pour faire des nœuds, celui pour lequel Michael m'a aidée, maman, dit la petite fille. Et bientôt, une dame de Melbourne viendra nous faire passer tous les tests importants. Est-ce une lettre pour moi ?

— Non, ma chérie. Attendais-tu une lettre ? demanda Janette, étonnée.

L'enfant haussa les épaules.

— On ne sait jamais ! répondit-elle avec philosophie. Quelqu'un pourrait bien m'écrire un jour ou l'autre. De qui est celle-ci ?

Janette s'efforça de répondre sur un ton parfaitement naturel :

— De mon père. Ton grand-père.

— Ah ? Je ne savais pas que j'avais un grand-père, répondit Lucy, surprise. Le grand-père de Mary Jane va bientôt venir passer les vacances avec eux.

Elle s'interrompit un instant et passa à un autre sujet :

— Es-tu de service cette nuit, maman ? Auras-tu le temps de me lire un conte ?

Janette regarda sa montre.

— Je suis désolée, ma chérie, dit-elle, confuse. (Elle se pencha et embrassa la tête blonde de sa fille.) Je suis de service et il faut que je me dépêche si je ne veux pas être en retard.

Le visage de l'enfant s'allongea.

— Ecoute, dit Janette, tu ne sais pas ce que

nous allons faire ? Je vais bien vite te donner ton
bain et Michael fera des œufs brouillés pour votre
dîner. Ensuite, il pourra te faire un peu la lecture.
De toute façon, il lit beaucoup mieux que moi... et
il termine toujours l'histoire, n'est-ce pas ?

— Ce n'est pas la même chose ! soupira Lucy.

La tristesse assombrissait ses grands yeux. Mais
sa mère n'y pouvait rien : elle devait être à l'hôpital
moins d'une heure plus tard.

Dans un sens, Janette fut heureuse de se retrouver à l'hôpital, bien qu'elle fût navrée chaque fois
que Lucy la voyait partir avec tristesse. L'enfant
détestait ces nuits que sa mère passait hors de la
maison et Janette le déplorait...

Mais elle se sentait à l'aise dans les longs cou-
loirs familiers, entendant le bruit des ventilateurs
qui tentaient de rafraîchir les salles pour que les
malades pussent dormir. « Là est ma vraie place ! »
se disait-elle. Là était sa vie professionnelle, la vie
qu'elle avait de tout temps désirée.

Après sa première ronde, elle rédigea son rapport dans le petit bureau silencieux, dont les parois
de verre lui permettaient de surveiller tout le service.

« Je suis heureuse ici, se dit-elle. Les enfants y
sont heureux comme moi. Peut-être avons-nous
quelques difficultés, mais nous les surmonterons. »

Malgré elle, cependant, sa pensée revenait au
petit visage déçu de Lucy lorsqu'elle l'avait embras-

sée en partant. Et il y avait Michael aussi... Il voulait « faire » sa médecine... Ce ne serait pas facile.
Il lui faudrait aller dans une grande ville...

« Nous nous débrouillerons ! » décida Janette
fermement en achevant son rapport.

— Voilà une bonne tasse de thé bien fort pour
vous, madame la surveillante ! dit une voix, celle
de Brigitte Murphy, une vieille infirmière qui aimait
bien Janette. A vous voir là, on dirait que tout le
poids du monde vous pèse sur les épaules ! Buvons
donc notre thé et oublions les soucis !

— Merci, Brigitte, dit Janette, reconnaissante.
Elle prit la tasse. La visiteuse s'assit en face
d'elle, à la table.

— Je ne suis pas Dieu, Janette, dit-elle au bout
d'un moment, mais si quelque chose vous tracasse...
Il arrive qu'il y ait plus d'idées et de bon sens dans
deux têtes que dans une seule... Mes idées et mon
bon sens sont à votre disposition.

La chaleur de la voix, la bonté de Brigitte
Murphy firent monter une boule traîtresse et inattendue dans la gorge de Janette. Brigitte était une
fidèle amie. Elle avait assisté Steve, dans cet hôpital, lorsqu'il y était arrivé, le mettant au courant,
facilitant son travail. Et pendant les jours sombres,
les mois douloureux qui avaient suivi sa mort,
c'était encore Brigitte qui l'avait soutenue, elle qui,
mieux que tous les autres, avait su lui venir en aide
par son inlassable dévouement et son solide bon
sens.

Janette n'hésita qu'un instant, puis, en phrases

entrecoupées par l'émotion, s'arrêtant de temps à
autre pour rappeler ses souvenirs, elle raconta sa
triste histoire et parla de la lettre de son père.

Brigitte Murphy hochait la tête d'un air pensif.

— Ça me ferait bien de la peine de vous voir
quitter Quincomba Creek, dit-elle après un silence
de plusieurs minutes, mais je crois qu'une occasion
magnifique se présente à vous et aux enfants, Janette.
Je crois vraiment que vous devriez la saisir.

La jeune femme secoua la tête.

— Ce n'est pas aussi simple, dit-elle d'une voix
mal assurée. Voyez-vous, Brigitte, j'ai quitté la maison parce que ma sœur et... et mon fiancé avaient
décidé de se marier. Jusqu'aujourd'hui, je n'avais
eu d'eux aucune nouvelle. Mon père ne me parle
pas de Helen, mais... il est probable..., je n'en suis
pas certaine, mais cela me paraît logique, que David
et elle habitent... la maison de famille. Mon père a
pris sa retraite, je pense, mais il était médecin et
David et lui étaient associés autrefois. Comment
voulez-vous que j'aille vivre sous le même toit que
ma sœur et... son mari ?

Brigitte Murphy garda le silence un moment.
Songeuse, sans rien dire, elle remplit de nouveau les
tasses de thé. Elle releva la tête.

— Ecoutez, Janette, dit-elle enfin, lentement,
nous travaillons ensemble depuis des années, vous
et moi. Je vous ai toujours considérée comme une
femme raisonnable... Ce que vous venez de me
dire..., estimez-vous que ce soit très judicieux ? Y
avez-vous vraiment réfléchi ?

— Que voulez-vous dire ? demanda Janette, étonnée.

— Je veux dire ceci : vous avez fait ici un bon mariage, vous avez été très heureuse, vous avez élevé, et bien élevé, deux beaux et bons enfants. Vingt ans se sont écoulés depuis votre déception... Est-ce que vraiment aujourd'hui, cet homme, ce David, représente quelque chose pour vous ? Pensez-vous encore à lui ? Euh..., l'aimez-vous encore ?

— Non ! fit Janette. Bien sûr que non !

Elle était très sincère.

— Dans ce cas, dit Brigitte, rondement, pourquoi faire tant d'histoires ? Ne vous occupez plus de ce qui s'est passé il y a des années, pensez au présent. A maintenant. Autrefois, vous étiez une petite jeune fille..., aujourd'hui, vous êtes une femme, mère de famille par surcroît. Et laissez de côté la question de votre père, de votre sœur et de son mari : c'est à vous qu'il faut penser, à vous et à vos enfants. Représentez-vous ce que serait pour vous trois votre retour au pays : Michael pourrait faire des études de médecine sans trop de problèmes pécuniaires et sans avoir à vous quitter pour se rendre dans une ville universitaire : il aurait tout ce qu'il faudrait sur place. Et vous auriez plus de temps à consacrer à Lucy, ce qui ne ferait pas de mal. (Elle hocha vigoureusement la tête.) S'il s'agissait de moi, j'irais demain prendre les places pour le premier avion en partance !

Brigitte parlait le langage du bon sens, Janette s'en rendait compte de plus en plus clairement à mesure que s'écoulait la nuit, le langage du bon sens et de la logique. Pour toutes les raisons que sa vieille amie lui avait fait toucher du doigt, Janette comprenait qu'elle ne pouvait se permettre de repousser l'appel de son père.

Elle lui en avait voulu, certes, mais à présent, l'âge, l'épreuve et l'expérience la rendaient plus indulgente et elle se reprochait soudain sa cruauté. Elle n'avait songé qu'à son chagrin, à sa déception atroce, à la perte de ses illusions. Elle était excusable, bien sûr : elle avait subi un choc violent. Mais si elle était excusable, son père ne l'était-il pas aussi ? Elle n'avait pas pris le temps de lui demander des explications : elle était partie en claquant la porte...

Et pendant vingt ans, sa lettre le laissait deviner, il s'était rongé d'inquiétude, souffrant de cette séparation soudaine dont il se sentait évidemment en partie responsable.

Quant à Helen...

Certes, Helen avait toujours été une enfant gâtée. Ravissante, spirituelle, débordante de vie et d'entrain, fêtée par tous, recherchée par les jeunes gens. Avait-elle voulu David parce qu'elle ne pouvait supporter que sa sœur possédât ce qu'elle n'avait pas ? Ou l'avait-elle aimé d'un amour irrésistible, dévastateur, d'un de ces amours qui abolissent toute autre considération ? Janette avait peine à croire sa sœur capable de sentiments aussi intenses, mais elle savait à présent que la nature humaine est complexe, qu'elle recèle des ressorts secrets.

Qui donc avait le droit de juger et de condamner ?

Depuis vingt ans, Janette s'était arrogé ce droit-là !

Pour la première fois, cette nuit, elle consentait à regarder en face et à fond le passé et sa propre conduite. Et elle se condamnait, se traitait d'égoïste. Elle ne comprenait même pas comment elle avait pu se conduire ainsi, sans jamais se poser une question.

Lorsqu'elle rentra chez elle, le matin, Janette avait pris une première décision : elle allait discuter le problème avec Michael et Lucy. Lucy était sans doute trop jeune pour se forger une opinion. Mais Michael...

Janette se reprochait à présent de n'avoir jamais rien dit à son fils de son passé. Comment allait-il réagir ?

Elle leur parla tout simplement, sans phrases, de la lettre de son père, de l'invitation qu'elle contenait, du changement d'horizons qu'elle pouvait impliquer.

— Votre grand-père désire que nous allions vivre en Ecosse auprès de lui, dit-elle.

— En Ecosse ? Où cela, en Ecosse ? demanda le garçon après un silence.

— A Edimbourg. Exactement aux environs d'Edimbourg.

Janette vit s'éclairer le visage de son fils. Il songeait, elle le devina, à l'université où il pourrait « faire » sa médecine.

Elle baissa la tête, expliqua d'une voix sourde :

— Il y a parfois, tu le sais, des désaccords dans les familles. Il y en a eu dans la nôtre. Je n'en étais pas responsable. J'en ai terriblement voulu à mon père et à ma sœur... Je suis partie, avec l'idée de ne jamais retourner là-bas. Je... je ne sais pas si j'ai envie d'y retourner maintenant. Qu'en penses-tu, Michael ? Je... je ferai ce que tu voudras.

Brusquement, elle eut honte de le charger d'une telle responsabilité. Il réfléchissait, le visage tendu : il était trop jeune pour décider seul une chose aussi importante. Elle pensait tout à coup que depuis la mort de Steve elle s'était appuyée sur son fils et qu'elle avait eu tort !

Michael répondit gravement :

— C'est à toi de décider, maman, mais... cela résoudrait bien des problèmes, tu ne crois pas ? S'il me faut partir pour Melbourne ou Sidney, je me ferai du souci pour toi et pour Lucy, si loin... A Edimbourg, nous n'aurions pas à nous quitter.

Elle devina qu'il était très tenté et que la laisser prendre la décision lui demandait du courage.

— C'est toi le patron ! dit-il avec un sourire.

Janette respira à fond.

— Très bien, dit-elle. Je vais télégraphier à mon père que nous partons.

CHAPITRE II

L'aéroport d'Edimbourg était infiniment plus vaste et plus animé que Janette ne se le rappelait. Il s'était développé en vingt ans ! Elle devinait qu'elle aurait peine à reconnaître le pays de son enfance et de sa jeunesse.

Mais pour le moment, son véritable souci était de reconnaître son père !

Michael s'occupait de retirer les bagages et des formalités de douane... Tenant Lucy par la main, Janette se dirigea vers la sortie. Il y avait beaucoup de monde.

— Comment ton papa nous trouvera-t-il dans cette foule ? demanda la fillette avec inquiétude. Est-ce qu'il va te reconnaître ? Vingt ans..., ça fait beaucoup de temps, tu sais ?

« Oui, cela fait beaucoup de temps, pensait Janette avec angoisse. Beaucoup trop de temps. Assez de temps, en tout cas, pour faire d'un père et d'une fille des étrangers. » Sans cesse, la même

angoissante question revenait à son esprit : avait-
elle pris la bonne décision ?

— Janette ?

Sa voix n'avait pas changé... Presque pas... Mais
comme il paraissait vieux ! Que de rides sur ce
visage que Janette contemplait à travers les larmes
qui lui brouillaient la vue.

Elle s'était demandé ce qu'elle dirait, ce qu'elle
ferait en revoyant son père. Elle avait redouté cet
instant où ils seraient face à face. Après vingt ans
de séparation. Il suffirait de si peu de chose pour
empoisonner à nouveau leurs rapports ! Froideur ?
Indifférence ? Feinte affection ? Qu'éprouveraient-
ils l'un et l'autre ?

Soudain, elle oublia tout cela, ses incertitudes,
son faux amour-propre. Une seule chose importait :
son père était là. Le passé était loin. Son père lui
tendait les bras...

Elle s'y jeta, comme aux jours de son enfance.

— Ma petite fille chérie !

— Papa ! papa !

Elle recula enfin. La foule, cela s'oublie un instant. Seulement un instant.

— Laisse-moi te regarder ! disait le vieux médecin.

La petite voix inquiète de Lucy s'éleva.

— Maman, ne pleure pas ! Je t'en prie, ne
pleure pas... Comme ça, devant tout le monde ! Et
puis..., ce n'est pas triste de retrouver grand-père !

Janette parvint à sourire. Elle s'essuya les yeux.

— Ne t'inquiète pas, mon trésor, dit-elle ten-

drement. Je ne suis pas triste : je pleure parce que...
je suis heureuse de revoir mon vieux papa ! On
pleure quelquefois quand on est heureux, Lucy...

Le Dr Martin sourit à l'enfant et se pencha pour
l'embrasser.

— Bonjour, petite Lucy !

Sa voix n'était pas très assurée. Le regard qu'il
posait sur la fillette prouvait à Janette qu'il avait
dit vrai : il était heureux, profondément heureux de
les voir.

Michael venait à eux. Il embrassa tout simplement le vieil homme et dit avec entrain :

— Bonjour, grand-père !

— Tu ressembles à ta mère, dit le médecin.
Cela me fait plaisir : il me semble que je retrouve
un peu ma petite Janette d'autrefois.

Il jeta un regard autour de leur groupe.

— Allons-nous-en, dit-il. Il y a trop de monde.
Rentrons à la maison, mes enfants.

— Oui, rentrons à la maison ! dit Janette.

Son cœur battait. Le sort en était jeté. Elle avait
atteint le point de non-retour.

« Nous sommes arrivés au but, se dit-elle. Il
est trop tard pour me demander si j'ai eu raison ou
tort, trop tard pour regretter mon indépendance.
Le vin est tiré, il faut le boire. Et le boire en souriant. »

Michael ne disait rien. Sans doute lui faudrait-il
du temps pour se sentir à l'aise auprès de son
grand-père : il était réservé, comme l'avait été son
père, ne donnait pas facilement son amitié ou son

affection. Quand il les donnait, par contre, c'était
définitif. Michael ne revenait jamais sur ses sentiments.

Pour sa part, Lucy bavardait allègrement. Elle
avait pris la main de son grand-père et trottinait
gaiement à son côté. Ils faisaient déjà une paire
d'amis.

La voiture, toute neuve, était un break, ce qui
surprit un peu Janette. Son père l'avait-il achetée
en vue de leur retour en Ecosse ? Qu'aurait-il fait,
seul, de cette spacieuse voiture ?

Elle fut contente, cependant, de laisser sa fille
faire la conversation tandis qu'elle regardait la cam-
pagne qui lui était restée incroyablement fami-
lière. Elle retrouvait la couleur du ciel, la forme des
arbres... Certes, il y avait des changements : beaucoup de maisons avaient été construites, la ville
s'étendait davantage, elle s'en rendit bientôt compte,
mais elle ne remarquait pas tellement ce qui avait
changé. Ce qu'elle voyait vraiment, c'était tout ce
qu'elle retrouvait tel qu'elle l'avait laissé, tout ce
dont elle se souvenait et qui était encore là, comme
pour l'accueillir : la sombre masse de *Castle
Rock* (*), avec le château, *Edinburgh Castle*..., les
collines lointaines... Elle savait qu'au-delà s'étendait la mer.

Tout à coup, inattendues, des larmes piquèrent
ses paupières, sa gorge contractée par l'émotion lui

(*) Tertre volcanique sur lequel s'élève *Edinburgh Castle*, un château fort du XIe siècle, et autour duquel se
trouve la ville médiévale.

fit mal. A présent seulement elle se rendait compte du vide que l'abandon avait creusé dans son cœur. Elle comprenait que son pays natal lui avait affreusement manqué. Elle avait vécu vingt ans dans l'exil... Comment pouvait-on souffrir inconsciemment quand on était heureux ?

Depuis cinq longues années, elle n'était pas heureuse...

— Cela a été bien long, petite ! dit doucement son père.

Un instant, il posa la main sur celle de sa fille.

— Trop long ! répondit Janette.

Les mots lui étaient venus spontanément aux lèvres...

Elle eut l'impression que le vieux médecin allait dire autre chose, mais sans doute changea-t-il d'avis : le silence retomba entre eux. La petite Lucy, elle, continuait à poser des questions.

Ni Janette ni Michael ne dirent grand-chose pendant le reste du trajet. Le médecin répondait à Lucy, amusé par son ardeur à tout comprendre. Le moment vint enfin où la voiture s'arrêta devant la vieille maison de pierre grise, et Janette eut la vue brouillée par les larmes.

Elle ouvrit la portière et elle allait descendre mais le vieux médecin la retint :

— Attends un instant, Janette. J'ai... quelque chose à te dire...

Il avait l'air gêné. Elle attendit comme il le voulait, le regard fixé sur le visage hésitant.

— En répondant à ma lettre, dit le vieil homme,

tu m'as demandé si Helen et David vivaient avec
moi... Tu le supposais et tu avais raison. Je t'ai
répondu, d'ailleurs, par l'affirmative. Mais... j'aurais dû t'avertir d'autre chose, peut-être... Voici un
an, Helen a été blessée dans un grave accident de
la route...

— Blessée ? répéta la jeune femme, saisie. A-
t-elle eu... beaucoup de mal ?

— La colonne vertébrale a été touchée... Depuis
lors, ta sœur ne peut plus circuler qu'en fauteuil
roulant.

Janette sentit que toute couleur quittait son
visage.

— Tu... tu aurais dû me le dire..., murmura-
t-elle.

Le médecin soupira.

— Oui..., j'aurais dû t'en parler, admit-il. Si
je ne l'ai pas fait..., c'était pour que tu ne te croies
pas obligée de revenir par dévouement. Je ne voulais t'influencer en aucune façon, ma petite fille.

L'idée de sa sœur condamnée au fauteuil roulant était effarante, bouleversante. Janette en avait
le souffle coupé. Elle ne parvenait pas à enregistrer
véritablement le fait, elle s'en rendait compte. Elle
ne pouvait pas imaginer Helen, la coquette, l'élégante, la joyeuse Helen, dans cet état d'asservisse-
ment. Mais elle n'avait pas le temps de rester là
et de réfléchir.

Trop secouée, trop consternée pour répondre,
elle ouvrit la portière et descendit de voiture.

Bien qu'on fût en automne, le vestibule était

noyé de soleil quand ils entrèrent. Le coffre ancien que sa mère avait apporté au moment de son mariage était à la même place...

« Rien n'a changé... » pensa Janette.

Il lui était doux, réconfortant, de se raccrocher à quelque chose de stable et de familier.

Soudain, venant du fond du vestibule, elle entendit un bruit. Elle se retourna vivement et se trouva face à face avec sa sœur.

Helen avait toujours été ravissante : elle l'était encore, ses cheveux dorés coiffés en hauteur dégageaient ses traits fins, ses grands yeux étaient du même bleu-violet profond cernés de longs cils sombres.

— Bonjour, Helen, dit Janette à voix basse.

— Eh bien, voilà la fille prodigue de retour à la maison ! répliqua Helen sur un ton de froide ironie.

Avec adresse, elle fit tourner le fauteuil roulant pour regarder les enfants en silence. Lucy lui adressa un grand sourire confiant, mais Janette lut de la méfiance dans les yeux de Michael.

— Je pense que je te procure une surprise ? dit Helen brusquement, en se tournant de nouveau vers sa sœur.

— En effet, reconnut la jeune femme avec flegme.

Volontairement, elle garda le ton de la conversation banale pour ajouter :

— Tu m'as l'air de t'être très bien organisée.

Je suppose que tu peux facilement aller et venir sans aide dans tout le rez-de-chaussée ?

Helen la dévisagea un moment.

— Enfin... c'est déjà un soulagement de ne pas t'entendre affirmer que je ne suis pas assise dans un fauteuil à roulettes, en faisant semblant de croire que d'un instant à l'autre je vais me lever et tourner dans la maison comme si rien ne s'était passé.

— Est-ce ce que font les gens ? demanda Janette.

Elle s'efforçait de dissimuler sa détresse devant l'amer désespoir qu'elle lisait dans les yeux de sa sœur.

— Certains, répondit celle-ci. Ils regardent le parquet, ils étudient le plafond, ils observent ce qui se passe derrière la fenêtre... Ils jettent les yeux sur tout et le reste mais pas sur moi.

Son regard alla chercher quelque chose derrière Janette : une porte s'ouvrait.

— Tiens, te voilà, David ? dit-elle. Tu rentres plus tôt que d'habitude. Serait-ce en l'honneur de ta belle-sœur ?

— Sois la bienvenue à la maison, Janette !

David Bennett vint à la jeune femme, la main tendue.

— C'est magnifique de te voir de retour, Janette !

— Merci...

Janette avait répondu tranquillement en lui prenant la main. Le moment qu'elle avait tant redouté était passé !

Après coup, elle se demanda pourquoi elle avait
eu peur, car au premier regard elle avait vu que le
garçon quitté vingt ans avant, dans des circonstances dramatiques, ne ressemblait en rien à l'homme
qui se trouvait là, un homme aux yeux gris, assom-
bris de lassitude, un homme au visage amaigri, à
l'expression douloureuse.

De cette première constatation Janette fut sou-
lagée, mais elle éprouvait un sentiment de pitié.
Cependant son métier l'avait habituée à ne pas
dévoiler ses sentiments quand il le fallait et ce
fut avec beaucoup de naturel qu'elle répondit aux
questions de David au sujet de leur voyage. Ensuite,
elle lui présenta son fils et sa fille.

— Avez-vous vu votre cousine Gaelle ? demanda-t-il à ses neveux.

Lucy secoua la tête.

— Comment ? Elle n'est pas là ? (Il se tourna
vers sa femme.) Pourquoi est-elle sortie, Helen ?
Je lui avais recommandé d'être ici pour accueillir sa
tante et ses cousins.

Helen haussa les épaules.

— Je le lui ai dit aussi, mais tu la connais !

De nouveau, elle s'adressa à Janette.

— Tante Meg a tout préparé pour servir le thé,
dit-elle. Si tu pouvais le faire et le servir ? Elle s'est
aperçue tout à coup qu'elle n'avait pas assez de
bouillottes pour les lits et elle a tout abandonné
pour courir en acheter. Elle avait peur que vous ne
souffriez du froid. Elle rentrera sans tarder, je
pense. Mais vous devez avoir faim et soif ?

Sans autre préambule, et sans inviter personne à la suivre, Helen dirigea son fauteuil vers le salon et y entra. Un bon feu brûlait dans la cheminée.

— Meg vit avec nous depuis... depuis un an, expliqua précipitamment le Dr Martin. Mais... les choses ne sont pas toujours faciles et je crois qu'elle sera contente de rentrer chez elle.

Précédés par le vieux médecin, David Bennett, Janette et ses enfants rejoignirent Helen.

Avec un peu de gêne, sentant le regard critique de sa sœur fixé sur elle, Janette fit le thé à l'aide d'une bouilloire électrique et le servit. Elle surveillait du coin de l'œil Lucy qui tombait visiblement de sommeil, tout en caressant un grand chat blanc et noir qui se frottait contre ses jambes.

— Je crois que je vais aller mettre Lucy au lit, papa, dit-elle quand elle eut vidé sa tasse. Non, elle n'a besoin de rien manger d'autre : ce qu'il lui faut, c'est dormir longtemps.

Les yeux à demi fermés, la petite fille alla embrasser son grand-père.

— Est-ce que le chat peut venir avec moi ? demanda-t-elle.

Le grand-père l'autorisa à le faire.

La fillette suivit docilement sa mère, emportant le chat dans ses bras.

Janette l'aida à faire sa toilette rapidement et à se déshabiller, dans la petite chambre attenante à la sienne et que son père avait fait préparer pour l'enfant.

Lorsqu'elle referma la porte derrière elle, Lucy dormait déjà.

Comme la jeune femme traversait le vestibule pour regagner le salon, elle entendit un moteur d'auto ronfler bruyamment : la porte s'ouvrit et une jeune fille entra.

Janette crut revoir Helen vingt ans plus tôt : aussi blonde, aussi vivante, aussi jolie.

— Bonjour, tante Janette ! Je suis en retard. Je suis désolée. Je suis Gaelle...

Elle était haletante et s'arrêta un instant pour reprendre sa respiration.

— Papa est-il furibard contre moi ?

— Oui, ton père est furibard, répondit l'intéressé lui-même en sortant du salon. Va faire la connaissance de ton cousin Michael ; la petite Lucy est déjà couchée. Janette...

Il s'avança vers sa belle-sœur.

— Excuse-moi, je retourne à l'hôpital : j'étais simplement venu voir si tu étais bien arrivée.

Il hésita, puis reprit, avec embarras :

— Je suis heureux de ton retour, Janette... Je suis sûr que cela aidera Helen de t'avoir auprès d'elle. Elle est très seule depuis... depuis l'accident.

Janette sourit.

— Je ferai de mon mieux ! dit-elle.

Elle se demandait ce que pourrait être ce « mieux »...

David parti, elle alla rejoindre les autres. « Il est en face de moi comme un étranger », se dit-elle avec mélancolie. C'était comme si elle le ren-

contrait pour la première fois. Il n'y avait plus rien,
en cet homme silencieux et visiblement angoissé,
du garçon plein d'ardeur et de joie de vivre qu'elle
avait, autrefois, connu et aimé.

Elle se dit que c'était mieux ainsi. Mieux valait
que rien ne vînt lui rappeler le passé, heureux ou
malheureux... Mieux valait l'oublier autant qu'il
était possible.

CHAPITRE III

La tante Margaret, qui avait vainement essayé de cacher ses larmes d'émotion quand elle avait revu Janette, retourna s'installer dans sa petite maison : celle du médecin n'était pas assez grande pour loger toute la famille et elle.

— De toute façon, je suis contente de retrouver le calme, avait-elle assuré à sa nièce. Tu sais que Helen et moi ne nous sommes jamais bien entendues... Alors maintenant... Cela ne lui a pas plu d'avoir à dépendre de moi.

Elle avait souri affectueusement à la jeune femme.

— Ma chérie, je suis si contente que tu sois revenue ! Je pensais souvent à la peine qu'aurait éprouvée ta mère, toi partie pendant toutes ces années sans jamais donner de nouvelles, sans même envoyer un mot !

Silencieuse, Janette avait pensé que si sa mère avait vécu alors, rien n'aurait pu l'inciter à partir. Elle n'aurait pas laissé sa fille cadette « prendre » son fiancé à sa sœur. Bien souvent, la jeune femme s'était dit cela, mais à quoi servait-il de se le répéter ?

Et maintenant, après ces quelques premiers jours, Janette, chose étrange, avait l'impression que la jeune fille d'autrefois, la fiancée amoureuse de David, avait aussi totalement disparu que le garçon qu'elle aimait. A présent, tous deux étaient des êtres différents : une femme de près de quarante ans, veuve après un heureux mariage, élevant ses enfants avec orgueil et tendresse, et un médecin proche de l'âge canonique, éprouvé par le handicap de sa femme. Voilà ce qu'ils étaient l'un et l'autre à présent. Et rien de plus.

Chaque jour, Gaelle et Michael se rendaient à Edimbourg par l'autocar. Michael fréquentait l'école de Médecine et il en était ravi. Gaelle étudiait l'art, sans grand enthousiasme. Lucy, pour sa part, était entrée à l'école primaire du village et elle semblait s'y bien habituer.

Ainsi, avec prudence et en faisant quelques réserves, Janette estimait que leur existence à tous s'organisait de manière satisfaisante. Pour elle, les choses étaient peut-être un peu plus difficiles : tout était tellement différent de la petite ville d'Australie où elle avait vécu !

Elle y pensa avec un peu de nostalgie un jour où elle s'était rendue, en voiture, au village, pour faire quelques emplettes avant de ramener Lucy de l'école. « Même ranger sa voiture est plus compliqué ici que là-bas ! » se dit-elle en cherchant une place sur le parking situé derrière la belle librairie qui avait remplacé la vieille boutique de son enfance. Il n'y avait aucune difficulté à garer sa voiture à Quincomba Creek !

Jamais elle ne sut si elle s'était affolée à l'idée d'arriver en retard à l'école ou si elle avait mal évalué l'emplacement d'où elle voulait sortir, mais elle entendit tout à coup un horrible bruit de tôle froissée. Horrifiée, elle s'arrêta.

— Ne pourriez-vous apprendre à conduire, madame ?

Il était grand, brun, et furieux.

— Je... je vous demande pardon, dit Janette, embarrassée. Je ne connais pas bien cette voiture... et... je n'arrive pas à la faire sortir de là.

— Commencez par descendre, dit l'homme d'un ton sec. Je vais vous la dégager.

En silence, affreusement gênée, Janette regarda l'homme manœuvrer la grosse voiture.

Il mit pied à terre.

— Merci, murmura la jeune femme, mais... votre voiture est abîmée...

Ils regardèrent la longue éraflure sur l'aile, et l'endroit où la tôle était enfoncée. Le pare-chocs avait également souffert.

L'homme haussa les épaules.

— Tant pis : je ferai arranger cela. La prochaine fois, choisissez un autre voisin de parking !

Sans ajouter un mot, il monta dans sa longue voiture de sport blanche et s'en alla.

Très émue et secouée, Janette remonta dans sa voiture.

« Il n'avait pas besoin d'être aussi désagréable ! se dit-elle avec rancune. Bien sûr, j'ai été maladroite, mais qu'y pouvais-je ? »

Quand elle s'arrêta devant l'école, Lucy en sortit au galop.

— Est-ce aujourd'hui que grand-père m'emmène à la ferme voir les petits chiens ? demanda-t-elle, les yeux brillants.

Janette fut trop contente de reporter toute son attention sur sa fille. Ainsi ne penserait-elle plus à sa mésaventure.

Un peu plus tard, en faisant un geste d'adieu à Lucy qui allait accompagner son grand-père dans sa ronde des clients, Janette se dit que, quand ce ne serait que pour cette seule raison, elle se félicitait d'être rentrée au bercail. La chaleureuse affection qui se développait entre son père et ses enfants la comblait de joie. Michael était plus réservé que Lucy, mais déjà elle le voyait se rapprocher de son grand-père. Pendant cinq ans, ces enfants avaient été privés de leur père et elle devinait que cette intimité nouvelle avec un grand-père dont ils venaient seulement de faire la connaissance prenait peu à peu pour eux une très grande importance.

Elle-même se sentait encore réticente envers son père. Il restait trop de séquelles des années envolées. L'amertume et le ressentiment qu'elle portait dans son cœur étaient effacés depuis longtemps... mais elle ne pouvait oublier les terribles choses qu'elle lui avait dites, et elle était convaincue qu'il ne les oubliait pas davantage. Aussi, pour le moment, leurs relations étaient courtoises et cordiales, mais sans véritable chaleur.

Pourtant, la jeune femme se souvenait de ce moment, à l'aéroport, où elle s'était jetée dans les bras de son père...

Elle rentra dans la maison et se rendit à la cuisine.

Helen se reposait, mais ensuite, si Janette réussissait à la décider, elle l'emmènerait se promener à l'air frais et vif de l'automne. Jusqu'à présent, Helen ne consentait à sortir qu'autour de la maison, dans le jardin. Pleine de compassion pour sa sœur, Janette devinait sa répugnance à rencontrer des gens qu'elle connaissait. Cependant, il était de première importance que Helen eût le courage de regarder la situation en face, de l'accepter, et de commencer à s'y adapter d'une manière plus courageuse.

Mais il ne fallait pas aller trop vite en besogne. Helen et elle, maintenant, étaient l'une pour l'autre comme des étrangères, et parfois Janette se demandait tristement si elles retrouveraient jamais leur intimité d'autrefois, de ces jours lointains où l'une n'avait pas encore « volé » le fiancé de l'autre...

Soudain, ses mains s'immobilisèrent sur la pâte qu'elle pétrissait pour faire une tarte aux pommes : Janette pensait tout à coup au temps, à toutes ces années de solitude. A Quincomba Creek, tant de détails lui rappelaient le passé, tant de liens la rattachaient encore à Steve et à leur vie commune. A présent, d'un seul coup, elle éprouvait l'impression cruelle et déconcertante d'avoir été une nouvelle fois déracinée, arrachée à ses souvenirs.

La solitude. Des années de solitude. Bien sûr, elle avait les enfants. Mais l'un et l'autre la quitteraient pour bâtir leur existence à leur gré : c'était la loi de la nature. Elle resterait...

Elle venait de mettre la tarte au four quand son père arriva.

La voiture était à peine arrêtée que Lucy en jaillit, rouge de joie, excitée, s'adressant à sa mère alors que celle-ci ne pouvait pas l'entendre.

— Maman ! Il y a sept petits chiens ! Et il y en a un pour moi ! C'est vrai ! C'est grand-père qui l'a dit ! Je l'ai déjà choisi, mais il est encore trop petit pour que je le prenne ici.

Janette sourit. Son regard croisa celui de son père par-dessus les boucles blondes de la petite fille.

— En attendant qu'il soit assez grand, dit le médecin, tu pourras venir avec moi chaque fois que j'irai à la ferme pour voir comment il va et s'il est sage. Janette, j'aimerais beaucoup une tasse de thé. Gaelle est-elle rentrée ?

— Pas encore, répondit Janette à contrecœur.

La plupart du temps, Gaelle ne revenait pas avec Michael par le car, mais arrivait beaucoup plus tard, souvent après le passage du dernier car venant d'Edimbourg.

Janette remarquait que Helen ne faisait pas beaucoup d'efforts pour surveiller sa fille et la réprimander. Il allait de soi que, face à cette situation, les tentatives de David pour imposer une certaine discipline à Gaelle fussent vouées à l'échec.

Un soir, David avait parlé de la jeune fille. Michael était allé se coucher, le vieux médecin aussi, Lucy dormait depuis longtemps, et Gaelle n'était pas rentrée.

— Avec qui est-elle sortie ce soir ? demanda David à sa femme.

Helen haussa les épaules.

— Avec un de ces cadets de la marine, je crois. A moins que ce ne soit avec cet étudiant des Beaux-Arts dont elle parle quelquefois.

— J'ai déjà dit que je voulais savoir avec qui elle sort, dit David sans élever la voix.

Consciente de l'atmosphère soudain tendue, Janette se leva, un peu gênée.

— Je crois que je vais aller me coucher, si vous n'y voyez pas d'inconvénient, dit-elle.

Helen eut un petit rire moqueur.

— Quel tact admirable, ma chère ! Tu n'avais pas tant de délicatesse autrefois, si j'ai bonne

mémoire. Les années t'ont enseigné cela, semble-
t-il ?

Janette ne répondit pas, mais elle rougit intensément, profondément blessée par la remarque
méchante. Elle se redressa inconsciemment.

— Ne t'en va pas, Janette, dit brusquement
David. Il est bien inutile de nous jeter de la poudre
aux yeux : tu ne peux pas ne pas te rendre compte
que Gaelle est pour nous un grave problème. Et
peut-être pourrais-tu nous aider.

Il sourit, mais le sourire n'éclaira pas ses yeux.
Il était facile d'y lire une anxiété véritable.

— Tu m'as tout l'air d'avoir de l'autorité sur
Michael et sur Lucy... Comment t'y prends-tu ?

Il n'était pas facile de répondre.

— Je ne sais pas trop, répondit Janette.

Elle cherchait ses mots, sentant fixé sur elle le
regard froid et ironique de sa sœur.

— Nous avons toujours été assez fermes avec
eux, depuis leur petite enfance, continua-t-elle, et
puis... une petite ville telle que Quincomba Creek
rend les choses plus faciles de bien des manières.

— Ton mari n'était-il pas médecin ? demanda
David.

C'était la première fois qu'il faisait allusion
au mariage de Janette.

— Steve était médecin, en effet.

Helen eut un petit rire.

— Ainsi, tu n'as pas pu perdre l'habitude de
vivre à l'ombre de la profession médicale ! dit-elle
d'un ton léger.

Janette se sentit rougir violemment. Elle ne s'attendait pas à tant de cruauté dans la voix et dans le regard de sa sœur.

Cette fois, elle ne pouvait laisser passer la chose sans répondre.

— C'est là une remarque impardonnable, Helen ! dit-elle d'une voix mal assurée.

Elle tourna le dos à Helen et s'adressa à David.

— Je vais me coucher, dit-elle. Bonne nuit !

Janette eut le temps de s'apercevoir que David était aussi scandalisé qu'elle. Il regarda sa femme, mais elle n'attendit pas la suite. Elle sortit du salon et monta l'escalier. Elle tremblait.

Dans sa chambre, la porte refermée, elle s'assit sur son lit, essayant de maîtriser ce tremblement qui gagnait tout son corps. Jamais elle n'avait été bouleversée à ce point. La méchanceté gratuite était une chose qu'elle ne pouvait pas tolérer en général, mais dans cette circonstance particulière, elle était spécialement révoltante.

« Je ne peux accepter cela ! se dit-elle. Si Helen veut prendre les choses de cette façon..., tout le reste n'a plus d'importance. Je ne peux pas l'accepter, et je ne veux pas l'accepter ! »

Quand elle se fut calmée, elle se coucha. Elle se demanda comment elle affronterait sa sœur le lendemain. Et que dirait-elle si Helen, sur les instances de David, venait lui faire des excuses ?

Mais elle n'avait pas à s'inquiéter...

Helen se comporta comme si elle n'avait jamais prononcé ces paroles blessantes, comme si elle n'avait pas regardé sa sœur avec cette expression de haine.

David, par contre, essaya de l'excuser.

— Je ne sais que te dire, Janette, soupira-t-il avec découragement. Elle... elle est cinglante comme cela de temps en temps... J'ai l'impression qu'elle ne sait même pas ce qu'elle dit.

— Ce... ce n'était pas seulement, ce n'était même pas tant ce qu'elle disait, murmura Janette, que la manière de le dire.

Elle regarda David amicalement.

— De toute façon, c'est sans importance, dit-elle, mentant généreusement.

Il ne sembla pas l'entendre.

— Je crois que, par moments, elle en veut aux autres de ne pas... être comme elle.

Il parlait lentement, les yeux voilés de tristesse.

Ni l'un ni l'autre n'allaient reparler de l'incident. Janette évitait de se trouver seule avec sa sœur et son beau-frère, et quand elle était obligée d'être tête à tête avec Helen, elle s'appliquait à garder leur conversation sur un terrain aussi peu personnel que possible.

Elle s'éclipsait quand les retours tardifs de Gaelle provoquaient des conflits, mais ce n'était pas toujours facile : la jeune fille avait l'air de se moquer

de la colère qu'elle faisait naître chez son père.
Gaelle se souciait évidemment fort peu des réactions de ses parents.

Un soir, David ayant dû retourner à l'hôpital
après le dîner pour une urgence, Janette aida Helen
à se mettre au lit, puis elle alla tenir compagnie à
son père un moment, avant que ce dernier ne se
déclarât fatigué à son tour.

Janette alla se coucher aussi. Elle se répétait
que sa nièce lui était fort indifférente et que sa
conduite ne la regardait en rien, mais elle n'en
était pas moins tourmentée, car la jeune fille, malgré
l'heure indue, n'était pas encore rentrée.

Longtemps, la jeune femme demeura éveillée,
l'oreille tendue, attendant. Elle entendit enfin une
voiture qui n'était pas celle de David et elle en fut
rassurée : sans nul doute, Gaelle allait sans tarder
monter en courant les marches du perron. Elle
serait au lit bien avant le retour de son père.

Mais une demi-heure s'écoula et Gaelle ne rentrait toujours pas.

Janette entendit soudain la sonnette que Helen
avait auprès d'elle dans sa chambre, au rez-de-
chaussée. Elle se leva immédiatement et descendit
en courant.

— As-tu besoin de quelque chose ? demanda-
t-elle en ouvrant la porte.

— Je n'aurai besoin de rien quand Gaelle sera
dans la maison, répondit sèchement Helen. David

va revenir d'un instant à l'autre, et s'il la trouve devant la maison avec je ne sais qui, il fera un malheur ! Va lui dire de rentrer, Janette !

Abasourdie, la jeune femme regarda sa sœur.

— Je ne peux pas faire ça ! protesta-t-elle. Elle a dix-huit ans, ne l'oublie pas. Elle n'acceptera pas que je lui donne un ordre !

Helen n'écoutait même pas.

— Allume-moi une cigarette et aide-moi à me relever, s'il te plaît.

Janette fit ce que sa sœur lui avait demandé.

— Pour l'amour du Ciel, Janette, vas-y ! dit Helen d'une voix irritée. Il faut que tu ailles le lui dire ! Ce n'est pas chic, ce qu'elle fait là...

Tout à coup, avec une soudaineté déconcertante, la voix de Helen changea.

— Si je le pouvais, je ne ferais qu'un saut pour aller la secouer, gémit-elle. Si tu savais ce que c'est que d'être clouée sur place comme je le suis, tu n'hésiterais pas à aller lui parler, Janette !

Janette céda.

Elle sortit de la chambre, traversa le vestibule, franchit la porte d'entrée. Elle demeura un moment au haut du perron, espérant que sa seule apparition inciterait Gaelle à rentrer, mais rien ne bougea dans la voiture garée devant la maison. Elle devait donc intervenir.

Janette descendit les marches et s'avança dans la flaque de lumière projetée par la porte ouverte.

— Gaelle, dit-elle d'un ton ferme, ta mère voudrait que tu rentres, et que... tes amis s'en aillent.

La portière de la voiture s'ouvrit. Même dans la pénombre, Janette vit que sa nièce était pâle de rage.

— Maman n'a pas le droit de me traiter ainsi ! gronda-t-elle, et vous non plus, tante Janette. Robert, je suis vraiment navrée de cette scène ridicule !

L'autre portière s'ouvrit. Un homme descendit de la voiture et s'avança vers le perron.

— Ça ne fait rien, Gaelle ! dit l'homme. Il est d'ailleurs très tard. Je dois prier la tante Janette de m'excuser de ne pas vous avoir ramenée plus tôt.

— Robert, si quelqu'un doit en excuser un autre..., commença Gaelle avec feu.

Mais l'homme s'approcha de Janette et la regarda.

— Par exemple ! dit-il à mi-voix, avec amusement. Si ce n'est pas ma « tamponneuse » de l'autre jour ! C'est mon tour de vous demander pardon, tante Janette !

Janette le regardait, stupéfaite et consternée. Il fallait que ce fût cet homme qui retînt ainsi Gaelle ! Et il avait l'âge d'être son père ! Si David rentrait maintenant, que se passerait-il ?

— Je crois que vous feriez mieux de partir, dit-elle froidement, essayant sans grand succès d'empêcher sa voix de trembler.

Mais l'autre ne fit que la regarder d'un air moqueur, à la lueur du clair de lune.

Jamais Janette n'avait détesté personne comme elle détestait cet individu arrogant. Elle en fut pleinement consciente au moment où il se moquait ouvertement d'elle.

— Ainsi que vous l'avez dit, déclara-t-elle froidement, il est tard. Ma sœur s'inquiète, elle ne peut pas s'endormir. Elle voudrait que sa fille rentre.

— Je ne rentrerai pas ! lança Gaelle brutalement.

L'homme se tourna vers la jeune fille.

— Gaelle !

Il avait prononcé doucement le nom de la jeune fille, mais Gaelle n'hésita qu'un court instant : sans ajouter une parole, elle gravit le perron et entra dans la maison.

Janette allait la suivre quand une main lui prit le bras et la retint de force.

— Un instant, madame Todd, dit l'homme aimablement.

Janette leva les yeux sur lui, et fut stupéfaite quand il se mit à rire.

— Mais oui !... Nous sommes dans un gros village et tout le monde sait que la fille du docteur Martin est revenue...

Il la regardait et une lueur amusée brillait dans ses yeux.

— Vous trouvez que nous n'avons pas été présentés convenablement l'un à l'autre ? demanda-t-il. Je sais que vous êtes Janette Todd. Moi, je suis Robert Cameron.

Il tendit la main. Après une légère hésitation, Janette la lui prit.

— Et maintenant, dit-il, avec le même gai sourire, permettez-moi de vous mettre l'esprit en repos au sujet de votre nièce. Je sais que je l'ai retenue trop longtemps, mais nous discutions. Gaelle a... certains problèmes. J'essaye de lui venir en aide.

Janette le regarda sans rien dire.

— Vous ne me croyez pas.

Le ton était aussi froid que celui qu'elle avait pris un instant plus tôt et il n'y avait plus de gaieté dans les yeux noirs.

— Permettez-moi de vous dire quelque chose, madame Todd : c'est une habitude dangereuse de juger les gens avant de les connaître vraiment.

Il se rapprocha d'elle et la jeune femme retint son souffle. Il la regardait, la dominant de sa haute taille. Un instant, elle crut...

Mais, sans ajouter un mot, l'homme se détourna et s'éloigna.

Il monta dans la voiture, claqua la portière derrière lui, et démarra à une allure dangereuse pour s'éloigner rapidement dans l'allée étroite qui séparait la maison de la route ; mais la grande voiture puissante négocia les tournants avec adresse et fut très vite hors de vue.

Janette rentra lentement, plus troublée qu'elle ne consentait à se l'avouer. Au haut des marches du perron, Gaelle l'attendait.

— J'ai dit à maman que j'étais rentrée, dit-elle précipitamment. Tante Janette..., je...

Janette s'arrêta et attendit que la jeune fille continuât.

— Je lui ai dit que... j'étais avec Don..., un de

mes camarades étudiants, reprit-elle, embarrassée.

— Parce qu'elle n'aimerait pas que tu sortes avec Robert Cameron ? demanda Janette.

— Elle n'a pas à s'inquiéter de me voir avec lui, dit vivement la jeune fille. Pourtant, cela ne lui plairait pas... (Elle rougit soudain.) Je vous en prie..., ne le lui dites pas, tante Janette.

— Pas plus qu'à ton père ? demanda la jeune femme.

Gaelle hocha la tête. Ses yeux d'un bleu profond étaient fixés anxieusement sur le visage de sa tante.

— C'est bon, dit celle-ci au bout d'un moment. Pour cette fois, je ne dirai rien.

Il était inutile, elle s'en doutait, d'arracher à la jeune fille une promesse : elle ne la tiendrait certainement pas. Elle n'ajouta rien. Elle retourna à la chambre de sa sœur et la trouva presque endormie, retombée sur ses oreillers. Rapidement, avec une adresse toute professionnelle, la jeune femme l'installa plus confortablement.

— Ces étudiants à cheveux longs et barbe, murmura Helen d'une voix ensommeillée, n'ont aucune idée de l'heure. Je suis contente que tu l'aies fait rentrer avant le retour de David.

« C'est bien joli, pensait Janette en refermant sans bruit la porte de la chambre, mais cette histoire ne me plaît pas du tout. Puisque j'ai promis, je ne dirai rien, mais si la chose se reproduisait... »

Elle vit un rai de lumière sous la porte de la

chambre de sa nièce. Elle hésita un instant, puis
elle redescendit, entra dans la cuisine et fit chauffer
du lait pour préparer du chocolat chaud. Quand il
fut prêt, elle mit un bol sur un plateau, remonta,
et alla frapper à la porte de la jeune fille. Gaelle
ouvrit : elle s'était démaquillée, avait attaché ses
cheveux sur sa nuque et portait une vieille robe de
chambre bleue. Et soudain, Janette remarqua sur
le jeune visage, avec une souffrance ancienne et
presque oubliée, une vague ressemblance avec sa
mère disparue.

— Je... je t'ai apporté un bol de chocolat,
Gaelle, dit-elle d'une voix mal assurée. (Elle fit
un effort pour sourire.) Michael aime ça quand il
rentre tard : j'ai pensé que tu l'aimerais peut-être
aussi ?

La jeune fille, d'un seul coup, perdit toute couleur.

— Est-ce que vous attendez toujours que
Michael rentre ? demanda-t-elle. Et vous lui faites
du chocolat ? Toujours ?

Janette hocha la tête.

Gaelle prit le bol.

— Personne ne m'a jamais attendue, dit-elle à
mi-voix, comme se parlant à elle-même.

Brusquement, elle changea. Elle releva très haut
le menton et ses joues se recolorèrent. Elle parla
haut et ferme :

— Ça fait un peu ridicule que vous vous

occupiez comme ça de Michael... C'est un homme, à présent, vous ne croyez pas ? Enfin !... Merci tout de même, tante Janette !

Janette s'en alla.

« Michael est un homme à présent ! » avait dit Gaelle.

CHAPITRE IV

Janette se surprit à repenser à cette phrase — « Michael est un homme à présent ! » — à maintes reprises au cours des jours qui suivirent. Michael avait dix-huit ans, presque dix-neuf. Il était grand et s'était récemment élargi, prenant de la force, de l'autorité.

Un jour, du seuil de la porte, elle le regardait qui suivait l'avenue à grands pas, se hâtant pour attraper le car d'Edimbourg, et elle sentit soudain avec certitude qu'à chaque pas il s'éloignait d'elle, s'éloignait de son enfance. Une impulsion absurde lui donna envie de courir après lui, de le rattraper, de le ramener.

« Comme les années passent vite ! » pensa-t-elle, mélancolique et stupéfaite. Ils avaient été si fiers, Steve et elle, de cet enfant, leur joie constante... Michael..., le garçon qui avait pleuré dans ses bras à la mort de son père... Maintenant, Michael était un grand jeune homme...

Au tournant, Michael se mit à courir, mais juste

avant de disparaître il se retourna et fit un geste, la main levée en une espèce de salut militaire.

Steve, jadis, faisait le même geste...

Janette salua en réponse, de la même façon : son cœur s'était allégé. « Quoi qu'il arrive, où qu'il aille, se dit-elle, Michael sera toujours notre fils, à Steve et à moi. »

Cette pensée la réconforta singulièrement.

Mais grâce à la phrase brutale de Gaelle, elle comprenait à présent qu'elle ne devait pas essayer de retenir son fils, tenter, en d'autres termes, de se raccrocher à lui : le moment était venu de lâcher la bride.

« J'ai de la chance, pensa-t-elle. J'ai Lucy. Elle me restera encore quelques années. »

Et elles ne seraient pas comme Helen et sa fille, elle le savait. Chose curieuse, elle imaginait mal Helen auprès de Gaelle bébé, de Gaelle fillette. Il semblait n'y avoir entre elles aucune affection véritable, aucune intimité, Janette s'était aperçue tout de suite de la situation.

Elle le constata plus encore à mesure que passaient les jours. Gaelle allait de son côté, sa mère semblant s'intéresser à peine à ce qu'elle faisait. Il en allait différemment pour David et il interrogeait souvent sa fille, mais celle-ci lui répondait avec une exaspération à peine dissimulée qui serrait le cœur de Janette. Le pauvre David devait souffrir !

Peu à peu, il lui fallut bien admettre qu'il y avait également fort peu d'intimité entre Helen et son mari. Quand celui-ci revenait de l'hôpital, ou

d'une visite à un malade, il allait droit à Helen,
pour l'embrasser. Chaque fois, Janette voyait avec
tristesse sa sœur tourner la tête de sorte que les
lèvres de David ne rencontraient que sa joue.

— Que veux-tu que j'aie fait ? demanda-t-elle
un soir avec brusquerie. Je suis restée assise ici-
même depuis que tu es parti... Sauf pendant un
moment de folle excitation quand Janette m'a fait
faire le tour du jardin en poussant mon fauteuil !

Janette garda prudemment le silence sur le
moment, mais plus tard, alors qu'elle se trouvait
seule avec sa sœur, elle lui dit qu'elle pouvait facilement l'emmener au village chaque fois qu'elle en
aurait envie.

Helen la regarda, d'un air ironique et méprisant,
et ne se donna même pas la peine de répondre.
Janette rougit, mais fit l'effort d'insister :

— Pourquoi ne me laisses-tu pas t'emmener
chez le coiffeur ? Ce serait plus simple que de faire
venir Mary chaque semaine avec tout son attirail,
et je suis sûre que cela te ferait du bien de changer
un peu d'horizon.

Helen secoua la tête.

— Merci bien ! répondit-elle, décidée. Je n'ai
pas envie de voir la moitié des gens du village me
regarder comme une bête curieuse et prendre des
figures de commisération : j'ai horreur de la pitié
des autres.

Janette songea à David, à la résignation qu'elle
lisait dans ses yeux quand sa femme se détournait
de lui. Pauvre David ! Quel gâchis !

— Très bien, dit-elle. Mais, je pourrais t'emmener faire un tour à l'hôpital : tu garderais le contact avec les activités de David. Et pourquoi ne verrais-tu pas ses malades ? Beaucoup de malades sont très seuls dans les hôpitaux : certains n'ont pas de famille du tout... ou bien les leurs travaillent et n'ont pas le temps de venir les voir...

La froide ironie reflétée par les yeux de Helen fit rougir sa sœur.

— Je ne suis pas la sœur de charité de la famille et David le sait fort bien, dit-elle. Il sait depuis longtemps que je n'ai jamais pu m'intéresser à ce qu'il fait à l'hôpital.

Un instant, la lueur moqueuse disparut de son regard.

— De toute façon, j'ai vu suffisamment de salles d'hôpital ! J'en ai assez, et plus qu'assez. Et c'est pour cette raison que mademoiselle Donald vient ici pour mes séances de physiothérapie.

— Tu ne peux tout de même pas t'enfermer ici pour le restant de ton existence ! protesta Janette.

Helen la regarda d'un air étonné.

— Le restant de mon existence ? répéta-t-elle. Que me chantes-tu là ? Je n'en ai pas la moindre intention, voyons. Dès que je serai libérée de ce maudit fauteuil, je... je reprendrai ma vie là où elle en était au moment de l'accident.

— Mais...

Janette s'interrompit brusquement, trop effarée pour oser continuer.

Helen haussa les épaules.

— Oui, je sais bien que je ne pourrai probablement plus jouer au tennis comme autrefois et peut-être ne serai-je plus capable de danser la moitié de la nuit, mais... je serai au moins sur mes pieds, je pourrai m'habiller convenablement, me débrouiller pour vivre sans aide... et je partirai d'ici. Je suis rassasiée de cette maison, de ce pays et de ses habitants !

Il n'y avait rien à répondre. Janette garda donc le silence. Elle était consternée.

Jusque-là, elle avait évité les tête-à-tête avec David, mais maintenant, elle devait parler sérieusement à son beau-frère.

Ce soir-là, elle attendit qu'il fût revenu de l'hôpital. Elle prépara du café et le garda au chaud, mais il rentra très tard et elle dormait à moitié devant la cheminée quand elle l'entendit ouvrir la porte et traverser le vestibule.

Il passa par la chambre de sa femme et en ressortit, fermant doucement la porte derrière lui. Janette se leva de son fauteuil et lui parla, du seuil du salon.

— David ? Il y a du café et des sandwiches pour toi ici, dit-elle à mi-voix.

Il leva la tête et son visage las s'éclaira. Il sourit et entra dans la pièce. En le servant, Janette se souvint douloureusement de l'expression de Gaelle quand elle lui avait apporté un bol de chocolat.

— C'est agréable d'avoir quelque chose à manger et à boire, lui dit-il avec reconnaissance. J'avais une faim de loup, je ne m'en rendais pas compte !

Père m'attendait parfois... Mais il se fatigue vite, maintenant.

Janette avait décidé de ne faire aucune remarque, mais sa pensée, sans doute, se lisait clairement dans ses yeux.

— Je ne peux pas demander à Helen de rester éveillée..., dit David. Même avant... (Il sourit, mais ses yeux restaient tristes.) Je ne savais jamais à quelle heure je rentrerais. Je ne voulais pas qu'elle m'attende : c'était trop dur pour elle.

« J'attendais toujours Steve, pensa Janette, avec un pénible sentiment de solitude. Il pouvait bien rentrer à n'importe quelle heure... Si je dormais, je me réveillais aussitôt. Nous buvions du thé : il me racontait sa journée, me parlait des malades qu'il avait vus, des nouveaux clients, des cas difficiles... »

— Il faut dire que tu es infirmière, dit David.

Janette rougit. Il avait deviné tout ce qu'elle se disait et il volait au secours de sa femme, combattait la moindre critique, formulée ou non.

— Pour toi, Janette, c'était différent.

Impressionnée d'avoir été ainsi percée à jour, la jeune femme domina son émotion : elle devait maintenant expliquer à son beau-frère pourquoi il la trouvait là. Elle commença, cherchant ses mots.

— David..., je m'en suis aperçue aujourd'hui seulement..., en discutant avec Helen... Elle... elle s'imagine... En fait, elle est absolument certaine de se remettre totalement. Elle est sûre qu'elle remarchera normalement.

Le regard de David s'attrista davantage encore. Il hocha la tête.

— Je sais, soupira-t-il. Je lui ai parlé, pourtant, je lui ai dit la vérité... Ton père en a fait autant. L'orthopédiste aussi, mais...

Il se passa la main dans les cheveux. Le voyant tout ébouriffé, Janette pensa que pour la première fois elle retrouvait quelque chose du David qu'elle avait connu vingt ans plus tôt.

— Est-ce absolument sans espoir ? demanda-t-elle à voix basse. Ne peut-elle s'améliorer ?

— Non, dit David. La colonne vertébrale a trop souffert.

Il regardait Janette, mais elle eut l'impression qu'il ne la voyait pas vraiment.

— Au début, nous avons même cru qu'elle ne survivrait pas, reprit-il. Et elle endurait une torture, sans une minute de répit. Cela s'est arrangé après que Derwent eut opéré..., mais l'épine dorsale est trop gravement endommagée. Il n'y a plus rien à faire.

— Pourquoi ne pas le lui dire ?

A peine la question posée, Janette rougit intensément.

— Pardonne-moi, David, dit-elle, confuse. J'ai parlé sans réfléchir. Je n'ai pas à me mêler...

D'un geste, David écarta ses excuses.

— Cela ne fait rien. Je te le répète, je lui ai tout dit. Nous lui avons tous révélé la situation exacte, mais... elle ne veut rien entendre. Elle refuse d'accepter. Au début, Derwent et moi avons pensé qu'il valait mieux lui laisser un peu d'espoir, la laisser se raccrocher à quelque chose. Maintenant..., elle ne nous écoute plus. Nous avons beau dire, expliquer, c'est comme si elle était murée dans ses illusions.

En silence, Janette prit la tasse de son beau-frère et la remplit. Elle la lui donna et il tendit la main vers le sucrier.

— J'ai déjà mis du sucre, dit la jeune femme. Deux morceaux. C'est cela, n'est-ce pas ?

Il la regarda sans répondre, Janette tressaillit.

« Je n'aurais pas dû faire ça ! » se dit-elle.

Il la regardait dans les yeux et elle sentait son cœur battre follement.

— Je... j'étais distraite, balbutia-t-elle.

Une si petite chose... Cette manière de mettre le sucre dans la tasse et de faire tourner la cuiller. Comme autrefois. Une de ces toutes petites habitudes qui demeurent gravées dans le subconscient sans même qu'on s'en rende compte et qui ressortent soudain.

L'atmosphère se tendit de manière presque intolérable. Janette avait peine à respirer.

— Janette, je ne sais comment te dire ça... avec vingt ans de retard. J'aurais dû t'expliquer...

Janette se leva si vivement qu'elle renversa sa tasse à moitié pleine.

— Non ! Non, David, ne dis rien ! Je t'en prie...

Elle ne pouvait en supporter davantage. Quoi

qu'il voulût lui dire, elle le savait avec une absolue certitude, mieux valait qu'il ne le dît pas. Mieux valait laisser les choses en l'état.

Elle sortit très vite de la pièce et alla chercher une éponge et un torchon dans la cuisine pour essuyer le café renversé. Il essaya de l'aider, maladroitement, et ni l'un ni l'autre ne fit allusion à ce qui s'était dit avant l'incident. Mais quand Janette emporta les tasses à la cuisine, David la suivit.

— Tâche de l'aider à accepter son sort tel qu'il est, dit-il.

— Je ferai de mon mieux, je te le promets.

Dans son lit, un peu plus tard, incapable de dormir, Janette songeait que tout changerait dans la maison si sa sœur consentait enfin à accepter son épreuve. Et la vie serait moins pénible pour David. Accepter l'épreuve. Accepter, c'était dur. Ce serait encore plus dur pour Helen, peut-être, Helen jadis si vivante, si active, si pleine d'entrain..., si... insouciante...

Janette l'évoqua à l'âge qu'avait Gaelle. Le souvenir lui fit mal. Helen ne traversait pas la vie en marchant, mais en dansant. Elle riait de tout, elle s'amusait. En somme, rire et s'amuser, c'étaient là ses principaux objectifs.

« Et maintenant, elle est clouée dans un fauteuil roulant et elle y restera jusqu'à la fin de sa vie... »

Helen la capricieuse, Helen la coquette...

Soudain, sans raison, Janette se rappela ce que Robert Cameron lui avait dit, ses yeux sombres et graves fixés sur elle : « C'est une habitude dangereuse de juger les gens avant de les connaître vraiment... »

« N'est-ce pas exactement ce que je suis en train de faire ? » se demanda la jeune femme avec loyauté.

Ce qu'elle reprochait avant tout à sa sœur, n'était-ce pas son attitude envers David ? Ne la condamnait-elle pas beaucoup plus pour ce motif que pour un autre ?

Quand elle s'endormit enfin, son visage ruisselait de larmes.

CHAPITRE V

Lucy ne vivait plus que pour le jour où son petit chien serait en âge de quitter sa mère. Souriante, Janette écoutait l'enfant parler de l'animal et de ce qu'elle en ferait quand elle l'aurait enfin auprès d'elle. La jeune femme s'inquiétait un peu. Ce grand désir d'une compagnie ne prouvait-il pas que la petite fille était très seule ? N'aurait-elle pas dû avoir des amies maintenant ? N'était-il pas étrange qu'elle aimât tant rester à la maison ou se promener avec son grand-père ?

— Pourquoi n'invites-tu pas une amie à venir goûter et jouer avec toi, Lucy ? lui demanda-t-elle un jour en la retrouvant à la porte de l'école.

Anxieuse, elle voyait les autres écolières s'en aller en groupes bavards et joyeux, tandis que Lucy, maintenant encore, sortait seule.

— Je n'en ai pas envie, maman, merci, répondit simplement la fillette.

Janette se demanda s'il valait mieux laisser passer la chose et aborder un autre sujet, mais elle décida d'insister, regardant le petit visage qui se levait vers elle.

— Lucy, dit-elle avec un peu d'hésitation, tu avais beaucoup d'amies à l'école de Quincomba Creek. Tu... tu devrais essayer de mieux connaître tes camarades. Tu pourrais avoir quelques vraies amies.

— Oui, dit l'enfant en détournant les yeux.

Quelque chose n'allait pas ! Janette en eut le cœur serré.

— Je sais bien qu'au début ce n'est jamais facile, ma chérie, dit-elle. Il faut se donner de la peine pour faire connaissance avec de nouvelles compagnes. Mais n'aimerais-tu pas avoir des amies pour jouer avec elles ?

— Elles sont toutes des amies déjà, maman, expliqua Lucy sérieusement. Elles sont comme j'étais là-bas avec Mary Jane et Karen...

Avec ce chaud sourire qui rappelait tellement celui de Steve, elle ajouta :

— Ne te tracasse pas, maman. Je n'en suis pas sûre, mais il y aura peut-être une surprise aujourd'hui après ma promenade avec grand-père.

Effectivement, quand la voiture se fut garée dans la cour, à la fin de l'après-midi, Lucy et le chiot en sortirent avec un bel ensemble. Le chiot était petit et dodu, avec un rude pelage brun et des oreilles pendantes.

— Sa mère est de race épagneule, mais pas son père, dit Lucy. As-tu jamais vu un aussi beau petit chien, maman ?

Janette et son père, du seuil de la maison, regardèrent l'enfant et la petite bête jouer ensemble sur la pelouse : Lucy jetait une balle et le chiot courait après, roulant sur lui-même dans sa hâte et son enthousiasme.

— Ressemble-t-elle beaucoup à son père ? demanda le médecin.

La question était inattendue.

— Oui, assez, répondit Janette. Non seulement physiquement, mais aussi par nature. Il lui faut un peu de temps pour se lier avec les gens, mais elle a un cœur d'or.

— Janette...

Quelque chose dans la voix du médecin fit tressaillir la jeune femme. Elle se tourna pour le regarder.

— Janette, répéta-t-il avec hésitation, as-tu été... heureuse avec ton mari ?

Les yeux de Janette s'embuèrent. Un moment, elle regarda en silence la petite fille et le chien.

— Oui, père, dit-elle enfin, avec une absolue sincérité. Nous avons été très heureux, Steve et moi.

Il soupira. Soudain, il avait l'air vieux. « Ces vingt années l'ont profondément marqué », pensa la jeune femme avec un serrement de cœur.

— Je me suis tant tourmenté, dit-il, se parlant plutôt qu'à elle. Même après des mois, je ne pouvais me sortir de la tête les choses que tu m'avais dites. Je pensais à toi, toute seule, je ne savais où, je pensais à ta mère... Je me disais, vois-tu, ma petite fille, que si elle avait vécu, jamais elle n'aurait laissé

les choses tourner comme elles ont tourné. Je... je
ne sais pas ce qu'elle aurait fait, mais je sais que
Mary n'aurait pas laissé une de nos filles estimer
qu'elle devait quitter la maison et en rester éloi-
gnée pendant vingt ans.

— Papa..., je t'en prie..., murmura Janette d'une
voix tremblante.

Il secoua la tête.

— Non, ma chérie. Il y a des choses qui doivent être dites pour éclaircir l'atmosphère.

Il la regarda, ses yeux gris pleins de tristesse.

— L'autre jour, tu m'as parlé de Helen qui
refuse de regarder la vérité en face ; tu disais qu'il
vaudrait mieux pour elle accepter son état... et
repartir de là.

Il se tut, hésitant. Janette devina qu'il cherchait
ses mots et elle attendit.

— La dernière des choses que je désire, reprit-
il enfin, d'une voix plus ferme, est de raviver d'an-
ciennes blessures, de rallumer de vieilles rancunes...
Mais... voici vingt ans, Janette, tu es partie, pensant
que Helen t'avait volé l'amour de David et que
j'avais laissé faire sans intervenir. N'est-ce pas
exact ?

— Je... crois que si..., reconnut la jeune femme
avec une certaine raideur. Mais cela appartient au
passé, père. Mieux vaut l'oublier.

— L'oublier, certainement, répondit le père
d'une voix unie, mais pas avant que la chose n'ait

été remise au jour et expliquée..., comme tout différend.

Il lui prit la main et la serra un instant, chaleureusement.

— Ne peux-tu te rendre compte maintenant, après que tant de temps a passé, que les choses ne se sont pas du tout déroulées comme tu le croyais ?

Saisie, Janette recula, relevant le menton d'un air de défi.

— Helen n'aurait pas pu te « voler » David s'il t'avait réellement aimée, reprit le vieux médecin. S'il y avait eu entre David et toi un sentiment profond, un lien solide, il l'aurait protégé contre Helen...

Janet fronça les sourcils.

— Voyons, père !

Sa voix était trop haute, trop forte, presque stridente, elle le savait. Elle était bouleversée.

— Papa, tu sais très bien que quand Helen décide d'avoir quelque chose, elle finit toujours par l'obtenir ! Et elle avait jeté son dévolu sur David !

Elle sentait brûler ses joues.

— J'aimerais mieux ne plus parler de cela, père ! Comme tu le disais, la chose a été remise au jour... Oublions-la de nouveau.

Les yeux du vieux médecin étaient pleins de tristesse. Janette se détourna et partit en courant rejoindre Lucy et son chiot.

« Ce n'est pas vrai ! » se répétait-elle, incapable de rejeter de sa mémoire les paroles de son père. Sans doute avait-il oublié ce qui s'était passé,

oublié ce que David et elle étaient l'un pour l'autre...,
ces années où ils avaient grandi ensemble, ces années
où leur amitié avait lentement, doucement, évolué
vers l'amour. Jamais elle n'avait regardé un autre
garçon, et elle existait seule pour lui tandis qu'ils
s'acheminaient vers l'âge adulte. En tout cas, il en
avait été ainsi jusqu'à ce qu'elle partît pour l'école
d'infirmières.

A son retour, elle avait constaté que Helen lui
avait pris l'amour de David. Helen, sa propre sœur !

« Mais à quoi bon repenser à cela ? » se dit-
elle fermement. Comme elle l'avait dit à son père,
tout cela était passé depuis longtemps et mieux
valait n'y plus penser. Pour elle, il y avait eu Steve
et leur vie commune à Quincomba Creek, Michael,
Lucy. Steve n'était plus là, mais elle gardait ses
souvenirs de lui et ses enfants.

Et elle était décidée à tout faire pour qu'une
scène gênante et troublante comme celle de l'autre
soir avec David ne se reproduisît pas. S'il rentrait
tard, elle laisserait pour lui du café et des sandwiches. Peut-être Helen ne faisait-elle pas cela jadis
pour son mari, mais maintenant, elle ne le pouvait
pas, même si elle le désirait.

« Et moi, pensa Janette avec une tristesse dont
l'acuité la bouleversa, je n'ai pas le droit de m'occuper de lui. Je n'ai même pas le droit de mettre du
sucre à l'avance dans son café et de le remuer dans
sa tasse. »

Il y avait une chose qu'elle pouvait faire pour

David, cependant, et aussi pour Helen, c'était aider cette dernière dans toute la mesure du possible et de toutes les manières.

La physiothérapeute venait chaque semaine faire faire à Helen des exercices. Janette assista à quelques-unes des séances, et elle demanda à Kay Donald si elle pouvait faire quelque chose entre ses visites. La jeune femme lui montra quelques exercices faciles que Helen pourrait faire avec son aide.

— Mais n'en faites pas trop, madame Bennett, recommanda-t-elle. Un petit peu tous les deux jours. Et laissez votre sœur décider du moment où vous devrez vous arrêter. Elle saura vous diriger.

— Voyons ! plus je ferai d'exercices, plus vite je remarcherai ! protesta Helen.

Au-dessus de sa tête,·le regard de Kay Donald croisa celui de Janette.

La physiothérapeute dit doucement :

— Madame, vous savez très bien que ces mouvements sont seulement destinés à empêcher l'ankylose et l'atrophie de vos muscles.

Elle se leva. Janette alla chercher son manteau et la reconduisit jusqu'à sa voiture.

— Empêchez-la de s'éreinter, recommanda la jeune spécialiste. Vous savez comme moi que ces exercices ne sont guère efficaces, mais cela ne servirait à rien de lui donner à penser qu'on ne la soigne pas.

— Pourtant... Si elle pensait cela, elle en vien-

drait peut-être à admettre qu'elle ne remarchera
jamais ? dit Janette avec tristesse.

L'autre haussa les épaules.

— Je ne sais pas, dit-elle lentement. Cela dé-
passe mes capacités. Mais je suis de votre avis : si elle
acceptait les choses telles qu'elles sont, cela vaudrait
mieux pour tout le monde, et avant tout pour elle :
elle s'adapterait mieux et plus vite à son état.

Elles parlèrent de l'hôpital.

— Vous devriez venir voir comme il s'est
agrandi, conseilla Kay Donald. Si vous vous souve-
nez de ce qu'il était il y a vingt ans, c'est à peine
si vous le reconnaîtrez.

— Je suis passée devant, dit Janette, mais je
n'y suis pas entrée.

Elle ne pouvait pas dire à cette jeune femme
qu'elle connaissait à peine que si elle n'était pas
entrée c'était parce qu'elle n'en avait pas eu le courage. Le petit hôpital familier d'autrefois avait disparu, le modeste établissement où elle allait travailler pendant les vacances, où si souvent elle allait
chercher son père, puis, plus tard, David. A présent, elle avait presque peur de visiter le rutilant
édifice moderne qui lui était aussi étranger qu'elle
lui était étrangère.

— Je n'aurais jamais cru que notre petit hôpital serait devenu tellement imposant, dit-elle. Je
suppose qu'il reçoit maintenant les malades de
toutes les petites villes qui se trouvent aux alen-
tours d'Edimbourg ?

— Nous avons même notre cardiologue parti-

culier ! déclara Kay Donald fièrement. Venez nous
voir, n'importe quand ! Au revoir... A la semaine
prochaine !

Janette alla rejoindre Helen. Elle remarqua
que celle-ci avait des ombres sous les yeux.

— N'as-tu pas bien dormi la nuit dernière ?
demanda-t-elle.

Elle lui servit une tasse de thé et se servit aussi.

— Je ne dors jamais bien, répondit Helen. Et
David est rentré très tard.

Janette savait cela : elle avait entendu la voiture
de son beau-frère, puis la porte s'ouvrir et se refer-
mer. Elle était restée un long moment, l'oreille
tendue, espérant qu'il profiterait du feu qu'elle avait
laissé allumé pour lui, qu'il trouverait le café au
chaud, et les sandwiches. Elle pensa que tel était
le cas car il se passa de longues minutes avant qu'il
ne montât à sa chambre.

Le matin, quand elle descendit, le plateau avait
été enlevé et rangé par la femme de ménage qui
venait trois fois par semaine.

— Il faut que je parte sans tarder pour chercher Lucy à l'école, dit-elle en regardant sa montre.
Elle veut que je lui amène son chien ! C'est à peine
si elle consent à se séparer de lui pendant qu'elle
est en classe !

Helen fit une remarque inattendue :

— Elle est adorable, cette petite Lucy !

Janette regarda sa sœur avec surprise. Il lui

arrivait très rarement de faire un compliment sur
l'un ou l'autre. Helen rougit légèrement.

— Sais-tu quelle est la première chose qu'elle
fait en rentrant ?... Elle vient me voir... (Elle souriait,
à présent.) Elle m'a même proposé de laisser son
chien dans ma chambre pour me tenir compagnie !
Je lui ai dit qu'il serait plus prudent d'attendre qu'il
sache faire comprendre qu'il a envie de sortir.

Elle posa sa tasse.

— Janette, te souviens-tu du temps où nous
avons eu Shep ? L'année où nous sommes allées en
vacances dans cette ferme où une chienne avait eu
des petits ? C'était un abominable petit bâtard, mais
il était malin comme un singe et tellement gentil...

Janette sourit aussi. Elle se souvenait.

— N'est-ce pas lui qui a disparu un jour ?
dit-elle. Nous le cherchions partout sans le trouver...
Nous étions dans tous nos états... Et puis maman
l'a entendu gémir : il avait trouvé le moyen de se
faufiler dans la niche où on mettait le bois, près de
la cheminée, il était tombé entre deux bûches et ne
pouvait plus sortir, le pauvre.

Helen hocha la tête.

— A partir du moment où elle l'a tiré d'affaire,
il l'a définitivement adoptée. Il nous aimait bien...,
mais maman, il devait la considérer comme un
dieu !... Ou comme la Providence faite femme.

Ses yeux s'assombrirent. Pour la première fois,
elle regarda Janette sans hostilité et sans ironie.

— Te rappelles-tu, Janette, son désespoir quand
maman est morte ?

La jeune femme fit un signe affirmatif. Elle avait soudain la gorge serrée et douloureuse et les larmes montaient à ses yeux. Certes, elle se souvenait du chien errant dans la maison, cherchant partout, en pleurant, sa maîtresse bien-aimée.

— Helen, quand Shep... Quel âge avait-il quand il est mort ?

— Il est mort l'année qui a suivi ton départ. Peu avant la naissance de Gaelle. Tu sais, ça paraît idiot maintenant, mais cela m'a fait un effet épouvantable. Je savais bien qu'il était vieux et qu'il n'irait plus très loin, mais... le fait qu'il soit mort comme ça, juste avant la venue au monde de ma fille..., j'ai eu l'impression que le dernier lien qui nous rattachait à maman s'était brisé.

Elle se tut et demeura silencieuse. Janette resta immobile, ayant presque peur de faire un mouvement, tremblant de rompre le charme qui semblait avoir effacé l'agressivité et l'amertume de Helen. Mais cet instant de trève ne dura pas : l'émotion de Helen s'envola...

— Je crois que tu devrais partir ! dit Helen avec brusquerie. Autrement, tu arriveras après la sortie de l'école.

— Préfèrerais-tu que je reste ? répondit Janette. Lucy est parfaitement capable de rentrer à pied.

Helen haussa les épaules.

— Inutile de rester clouée ici sous prétexte que je le suis moi-même, dit-elle d'un ton insouciant. Va donc. J'ai l'habitude d'être seule.

Janette savait par expérience qu'il ne servait à

rien de discuter ; aussi, sans insister, elle partit
pour l'école, ayant pris soin de mettre le petit chien
à l'arrière de la voiture. Mais pendant tout le trajet, elle repensa à ces instants où elle avait l'impression d'être revenue des années en arrière, au
temps où sa sœur et elle se parlaient sans contrainte,
échangeant leurs impressions ou leurs idées. Puisque l'intimité d'antan avait reparu, même pour quelques minutes seulement, puisqu'elle avait pu se
rétablir, n'était-ce pas la preuve que tout espoir
n'était pas perdu ? N'était-ce pas uniquement une
question de temps, de patience et de persévérance
pour que les deux sœurs redevinssent aussi proches
qu'elles l'avaient été ?

Elle arrivait devant l'école. Quelques instants
plus tard, les enfants sortirent. Lucy courut à sa
mère.

— L'as-tu amené, maman ? demanda-t-elle en
jetant un coup d'œil anxieux dans la voiture.

Aussitôt Jock se dressa sur ses petites pattes et
quand Lucy ouvrit la portière, il se jeta contre elle
et lui fit fête.

— Regarde, Lucy ! dit Janette très vite. N'est-ce
pas là une de tes camarades de classe ? Pourquoi
ne l'appelles-tu pas pour lui faire voir ton chien ?

L'enfant regarda sa mère sans enthousiasme,
mais Jock parut vouloir prendre la situation en
main : il partit « au galop ». Lucy s'affola.

— Beth ! s'écria-t-elle. Attrape-le, je t'en prie !
Il va se faire écraser !

La petite fille n'eut qu'à se baisser pour s'emparer de l'animal qui venait droit sur elle. Lucy la rejoignit en courant et ensemble elles rapportèrent le facétieux Jock à la voiture. Beth repartit presque aussitôt, mais Janette pensa que c'était peut-être là un prologue, le difficile premier pas. Le petit chien serait un sujet de conversation, un motif d'intérêt pour les camarades de Lucy...

La journée pouvait peut-être s'orner de deux pierres blanches, se dit Janette. De l'espoir du côté de Helen, une amie éventuelle pour Lucy...

Elle se prit, pour une fois, à penser à elle-même. Elle n'en avait guère eu le loisir jusque-là, tout en sachant qu'il lui faudrait s'y décider à un moment ou à un autre.

Il était évidemment impossible qu'elle cherchât un emploi à temps complet : s'occuper de Helen et de Lucy, tenir la maison ne lui laissaient pas le temps de reprendre son métier d'infirmière. Pourtant, elle sentait qu'il serait préférable pour tout le monde qu'elle eût une raison de s'en aller quelques heures au cours de la journée. Elle en avait déjà dit un mot à la tante Margaret, et la vieille dame ne demandait qu'à venir afin que Helen ne restât pas seule.

Ce soir-là, elle parla de son projet à son père, et il ne montra pas d'enthousiasme.

— Je voulais te procurer une vie plus facile, dit-il. Je ne t'ai pas demandé de revenir pour que non seulement tu travailles ici comme maîtresse de maison, mais encore que tu aies une activité audehors.

— Père, tu le sais aussi bien que moi, dit la

jeune femme, il est pratiquement impossible de perdre l'habitude d'une vie professionnelle quelconque. C'est par goût que je voudrais trouver à m'occuper. J'ai besoin de me dépenser, de voir des gens, de penser à leurs problèmes plutôt qu'aux miens. Tante Meg viendrait tenir compagnie à Helen... Au fond, je crois même que cela lui ferait plaisir : elle s'ennuie un peu, toute seule chez elle. Elle ne veut pas rester ici tout le temps maintenant que ce n'est plus indispensable, mais quelques heures de vie de famille ne lui déplairaient pas. Et je me demande...

Le vieux médecin restait perplexe...

— Je me demande si cela ne serait pas mieux pour Helen de ne pas m'avoir tout le temps dans la maison ?

— Hum !... Après tout, tu as peut-être raison ! Et puis... je reconnais qu'il doit être assez dur pour toi d'être clouée ici presque sans répit.

— D'ailleurs, je ne trouverai peut-être pas très facilement ce qu'il me faut. Les emplois à mi-temps sont rares. Et je ne veux pas accepter n'importe quoi. Je veux un travail qui m'intéresse.

Elle confia son idée à Kay Donald, quand celle-ci vint faire faire ses exercices à Helen. Kay comprit fort bien la situation.

— Je crois que ce serait excellent pour vous deux, dit-elle. Madame Bennett n'hésite pas à vous déranger constamment mais elle y regardera à deux fois quand sa tante sera « de service ». Et peut-être se décidera-t-elle à en faire un peu plus par elle-même. Elle le pourrait, vous savez ? Seulement, elle ne veut pas faire l'effort...

Quelques jours plus tard, Kay Donald téléphonait à Janette.

« — Je crois que j'ai exactement ce qu'il vous faut ! » lui dit-elle triomphalement.

Janette tendit l'oreille, le vacarme ambiant l'empêchant de bien entendre sa correspondante.

« — Excusez-moi, dit-elle. Je vous appelle du bureau des urgences et il y a foule, aujourd'hui... C'est la réceptionniste qui s'en va... Il s'agit de faire simplement trois heures tous les matins, et c'est tout près d'ici. »

« — Qui cherche une réceptionniste ? » demanda Janette.

« — Notre cardiologue. Téléphonez dès maintenant pour prendre rendez-vous : je suis sûre que vous ferez tout à fait son affaire. »

Kay Donald communiqua le numéro à Janette et s'excusa de devoir raccrocher aussitôt.

Janette appela le numéro indiqué. Une femme lui répondit. Janette lui expliqua qu'elle avait entendu dire qu'un poste allait se trouver libre et elle indiqua ses titres et qualités.

« — Si vous voulez venir demain matin à 9 heures ? lui dit son interlocutrice. Mais je vous en prie, soyez exacte : *il* ne peut pas supporter qu'on soit en retard ! »

Janette raccrocha, et se rappela soudain qu'elle ne savait pas encore le nom du cardiologue auquel elle se présenterait le lendemain, à 9 heures exactement, de l'homme qui exigeait la ponctualité.

Ce qui, après tout, était tout à fait légitime pour un médecin.

CHAPITRE VI

Janette eut de la peine à trouver une place pour la voiture et dut courir pour arriver à l'heure dite, quelque peu ébouriffée par le vent. Peut-être aurait-elle le temps de se donner un coup de peigne...

Mais la jeune fille de la réception écarta un instant le combiné téléphonique.

— En retard ! souffla-t-elle. Dépêchez-vous !

Du doigt, elle indiqua une porte. Janette frappa.

— Entrez ! dit une voix.

Elle ouvrit et entra.

Un homme était assis devant une table. Il leva la tête et la regarda.

— Vous êtes en retard, madame Todd ! dit-il.

Janette en perdit le souffle. Avec consternation, elle découvrait que le cardiologue dont l'hôpital était si fier n'était autre que Robert Cameron !

— Vous ignoriez, semble-t-il, que c'était moi que vous trouveriez ici, madame...

Janette fit un geste d'incertitude.

— Je ne me rendais pas compte... Kay Donald

m'avait parlé du poste, mais il y avait beaucoup de bruit et j'ai mal entendu. En demandant un rendez-vous, je n'ai pas songé à... demander...

Elle s'interrompit, luttant pour dominer son embarras.

— Excusez-moi, docteur, reprit-elle enfin. Si j'avais su, je n'aurais pas fait acte de candidature.

Robert Cameron leva les sourcils.

— Pourquoi cela ? demanda-t-il aimablement.

Avec une rage impuissante, Janette se sentit rougir jusqu'à la racine des cheveux comme une écolière prise en faute. Elle resta sans voix, ne sachant que répondre.

— Asseyez-vous et discutons tranquillement, dit le médecin. Voir les gens debout quand je suis assis me fatigue...

Comme elle hésitait, il perdit patience :

— Seigneur ! soyez donc raisonnable ! Oui, je sais, nous nous sommes rencontrés deux fois dans d'assez fâcheuses circonstances, mais j'ai besoin d'une réceptionniste qui soit infirmière diplômée et à laquelle je puisse faire confiance ; vous êtes infirmière diplômée, vous cherchez un emploi, et vous êtes une personne sur laquelle on peut compter, je suppose ?

— Oui, fit Janette d'une voix faible.

Soudain, à sa propre stupeur, elle se retrouva assise dans un fauteuil en face de Robert Cameron, répondant aux questions qu'il lui posait sur ses diplômes et ses connaissances.

Il ne fallut pas beaucoup de temps au médecin

pour prendre sa décision. Ayant tous les renseigne-
ments voulus sur l'expérience de la jeune femme, il
lui expliqua ce qu'il attendait d'elle et lui indiqua les
heures de présence qu'il lui demanderait.

— Pouvez-vous commencer demain ?

— Si vite ?

— Pourquoi pas ? Hilda voudrait partir aussi
tôt que possible : si vous pouvez commencer tout
de suite, c'est la solution de tous nos problèmes.

Robert Cameron se leva et tendit la main à
Janette. Elle fut évidemment obligée de lui donner
la sienne.

— Si je peux vous donner un conseil, vous
devriez passer une demi-heure avec Hilda, dit le
médecin. Elle vous expliquera mon système de
fiches, vous montrera le livre des rendez-vous, et
vous dira comment j'aime mon café. Et, s'il vous
plaît, demain, soyez à l'heure !

Janette avait la main sur la poignée de la porte :
il parla de nouveau.

— Madame Todd..., une chose encore...

Elle se retourna et attendit.

— Si vous avez des difficultés pour garer votre
voiture demain, venez me le dire. J'aimerais mieux
vous aider que de voir... avec des ennuis.

Son visage et sa voix étaient absolument sérieux,
mais ses yeux noirs riaient.

Janette était furieuse.

« Vous êtes peut-être mon patron, docteur
Robert Cameron, se dit-elle avec rage, mais cela ne
vous donne pas le droit de vous moquer de moi ! »

Elle fut exaspérée, en sortant, de voir que la gaieté luisait encore dans ses yeux.

Pas plus le système de fiches que le livre de rendez-vous n'étaient compliqués, et la réceptionniste que Janette allait remplacer lui expliqua tout fort clairement.

— Il aime son café très fort et très sucré, dit-elle avec le plus grand sérieux, comme s'il s'agissait d'une véritable affaire d'Etat. Dès que vous arrivez, mettez en route la bouilloire électrique pour qu'il puisse en boire une tasse avant l'arrivée du premier client. Quelquefois, il apporte un sandwich qu'il prend au bar, de l'autre côté de la rue, quand il n'a pas eu le temps de déjeuner, et dans ce cas-là, il lui faut deux tasses de café.

Elle regarda Janette d'un air anxieux.

— Surtout, ne vous affolez pas quand il se fâche, ce qu'il dit à ces moments-là est sans importance, il n'en pense pas le premier mot. Pour moi, je l'écoute « m'enguirlander », et, deux minutes après, je n'y pense plus.

— Je ne promets pas d'agir comme vous, dit Janette. Il pourrait même m'arriver de répondre sur le même ton.

Hilda la regarda avec inquiétude. Janette sourit.

— Ne vous tourmentez pas, dit-elle. Ce n'est plus vous qui êtes en cause. C'est moi. Et je me débrouillerai, soyez tranquille.

Elle rentra directement à la maison.

La coiffeuse qui venait chaque semaine laver les cheveux de Helen et les mettre en plis était là quand elle arriva, de sorte qu'elle ne vit sa sœur que plus tard.

— Tu es sortie de bien bonne heure, aujourd'hui ! lui dit Helen avec acrimonie.

— Oui, n'est-ce pas ? fit Janette avec bonne humeur. Et je sortirai aussi tôt chaque matin désormais : j'ai trouvé un emploi à mi-temps, de 9 heures à midi.

Helen sursauta.

— Tu n'y penses pas ! s'écria-t-elle.

La colère qui grondait dans sa voix impressionna Janette.

— Je ne peux tout de même pas rester seule ici toute la journée ! lança encore Helen.

Janette se mit à ranger la chambre, évitant de regarder sa sœur.

— D'abord, répliqua-t-elle aussi doucement et patiemment qu'il lui fut possible, tu ne seras pas seule toute la journée puisque je ne travaillerai que le matin. Ensuite, tante Meg m'a promis d'être là pendant mon absence.

— Je ne veux pas de la tante Meg ici ! Elle m'agace !

Helen tourna ostensiblement le dos à Janette.

— C'est regrettable, dit tranquillement Janette. Mais tu peux parfaitement te débrouiller seule... Je ne suis pas revenue pour te soigner, ne l'oublie pas.

— Je me demande vraiment pourquoi tu es revenue ! grogna Helen.

Janette se sentit pâlir.

— Je suis revenue parce que père me l'a

demandé, dit-elle, et tu le sais très bien. Il ne m'a
rien dit de ton accident, Helen. Je ne l'ai appris
qu'au moment où père a arrêté sa voiture ici, devant
la porte.

— Peut-être avait-il peur que, sachant cela, tu
ne refuses de réintégrer la demeure familiale ! dit
méchamment Helen.

Janette la regarda en face.

— Le crois-tu vraiment ? demanda-t-elle.

Elle respira à fond pour calmer son cœur qui
battait trop fort. L'injustice de sa sœur était parfois
difficile à supporter !

— Aimerais-tu une tasse de thé ou de café
maintenant ? demanda-t-elle d'une voix unie.

— Je veux bien du café maintenant.

Helen s'était singulièrement adoucie. « Peut-
être regrette-t-elle après coup ses accès d'humeur
et d'amertume », pensa Janette. Peut-être ne pou-
vait-elle s'empêcher de parler ainsi. Janette avait
l'habitude des malades. Elle se reprochait un peu
d'être moins patiente avec sa sœur qu'avec des
étrangers.

Elle se rendit à la cuisine. Helen la suivit dans
son fauteuil roulant.

— Je vais être tellement seule ! dit-elle soudain.

Janette prenait des tasses dans le buffet. Ses
mains s'immobilisèrent.

— Tu ne seras pas plus seule qu'avant notre
arrivée, répondit-elle simplement.

Une idée, soudain, germa dans son esprit.

— Regarde donc... Si nous faisions changer de

place cette prise de courant, tu pourrais brancher la
bouilloire électrique. Si quelque chose empêchait
tante Meg de venir et que tu aies envie d'une tasse
de café, tu pourrais la préparer toi-même !

Elle tira le petit escabeau de cuisine et y monta
pour inspecter l'intérieur du buffet.

— Il serait facile de changer de place quelques
casseroles, reprit-elle. En somme, il faudrait réins-
taller la cuisine à un niveau inférieur pour que les
objets usuels soient à ta portée. Comme cela, tu
pourrais même mettre le déjeuner en train si père
ou David rentrait plus tôt ou étaient pressés de
repartir.

Helen la regarda d'un air étonné.

— Pourquoi diable faire tout cela ? demanda-
t-elle.

Elle paraissait si stupéfaite que Janette faillit
éclater de rire.

— Papa ou David sont parfaitement capables
de se préparer un repas rapide s'ils en ont besoin,
Janette !

— Cela ne te ferait-il pas plaisir de faire quelque chose pour ton mari ? demanda Janette sans
avoir l'air d'y toucher.

Elle examinait une marmite à pression.

— Cet autocuiseur est bien vieux ! dit-elle. Ce
serait bien de le remplacer par quelque chose de
plus pratique, dont il te serait facile de te servir de
ton fauteuil.

Helen devint blanche comme un linge. Dans

son beau visage, ses yeux violets paraissaient im-
menses.

— Tout cela est tout à fait inutile, dit-elle. A
quoi bon faire ces transformations et engager toutes
ces dépenses alors... alors que dans peu de temps je
serai de nouveau sur pied ?

Sa voix tremblait. Brusquement, elle fit tourner
son fauteuil et le dirigea vers la porte, mais avant
de sortir, elle se retourna.

— Tu ne m'as pas dit en quoi consiste ce
fameux travail ? dit-elle. Peut-on savoir ?

Elle parlait trop fort, d'un air exagérément
dégagé.

— Je vais être réceptionniste chez le docteur
Cameron, dit Janette.

Elle prit un plateau et y plaça les tasses.

— Robert Cameron ? répéta Helen.

— Oui, le cardiologue. Sa réceptionniste le
quitte, pour raison familiale, je crois. Il cherchait
quelqu'un pour la remplacer, mais il semble qu'il
soit difficile de trouver une infirmière expérimentée
pour ne l'employer que trois heures par jour. Comme
c'était justement une situation de ce genre que je
souhaitais, nous nous sommes entendus tout de
suite.

Helen se mit à manœuvrer son fauteuil pour
regagner la salle de séjour.

— En as-tu parlé à David ? demanda-t-elle. Et
à papa ?

— Non. Je n'ai su qu'hier qu'il y avait cette
place à prendre. J'avais seulement un numéro de

téléphone et une adresse... J'ai appelé et j'ai obtenu
un rendez-vous pour ce matin, mais je ne savais
toujours pas qu'il s'agissait du docteur Cameron...

— Robert Cameron sait-il qui tu es ?

Janette regarda sa sœur sans comprendre.

— Evidemment, il le sait ! répliqua-t-elle avec
un peu d'irritation. Pourquoi ?

— Je me demandais...

Helen changea brusquement de manière, ainsi
que cela lui arrivait souvent.

— Alors, ce café ? Le prenons-nous ou ne le
prenons-nous pas ?

— Je l'apporte, dit Janette.

Elle servit sa sœur et tenta de l'interroger sur le
Dr Cameron, mais elle n'obtint aucun renseignement susceptible de l'intéresser. Il était excellent
spécialiste, il avait réussi des opérations délicates à
l'hôpital... On l'y appréciait beaucoup... Mais cela
ne renseignait pas Janette sur la personnalité de
l'homme lui-même. Il était assez visible que Helen
répugnait à parler de lui sous cet angle.

« Gaelle est-elle pour quelque chose là-dedans ? »
se demanda la jeune femme.

Elle renonça à insister. Cependant, elle trouvait
étrange l'attitude de sa sœur.

Elle ne fut pas très surprise de la réaction de
son père quand elle lui annonça que le lendemain-
même elle débuterait dans ses nouvelles activités.
Le vieux médecin parut consterné. Mais elle se
montra moins discrète avec lui qu'avec sa sœur.

— Père, tu le connais sûrement ? dit-elle.

— Oui, petite. Oui, certes, je le connais... Tout le monde ici connaît le docteur Cameron.

— Est-il bon chirurgien ?

— Oui, oui, excellent, même. Ses malades chantent ses louanges.

Le Dr Martin se leva.

— J'ai promis à Lucy que nous allions commencer à dresser son chien, dit-il précipitamment. Il ne faut pas que nous perdions de temps si nous voulons profiter d'un reste de jour.

Janette ne dit rien de son travail à David, mais sans doute le Dr Martin ou Helen lui en avaient-ils parlé. Son beau-frère vint la rejoindre à la cuisine, pendant qu'elle faisait la vaisselle, après le dîner.

— Il paraît que tu as trouvé un job ? dit-il.

— Oui. Comme réceptionniste chez le docteur Cameron, répondit Janette.

Comme David ne faisait aucun commentaire, elle lui donna toutes les explications. Kay Donald lui avait téléphoné la veille pour lui annoncer qu'il y avait une place à prendre, et maintenant, la place était à elle.

— Tante Meg viendra passer une ou deux heures ici pendant que je ne serai pas là, ajouta-t-elle. Comme cela, Helen ne sera pas longtemps seule.

— Nous ne pouvons pas te demander de te considérer comme liée à Helen du matin au soir, dit David. Il te faut vivre pour toi aussi... Mais je crois que Helen aime bien t'avoir auprès d'elle. Elle ne l'avoue pas, mais c'est visible.

— Je le pense, en effet, dit Janette.

Elle posa la casserole qu'elle récurait et regarda son beau-frère sérieusement.

— A mon avis, dit-elle, cela lui ferait le plus grand bien d'en faire un peu plus sans aide. Elle n'aime guère s'adresser à tante Meg... Cela l'obligera peut-être à se débrouiller seule. Je lui ai d'ailleurs parlé de quelques aménagements, dans la cuisine, qui l'y aideraient.

Janette énuméra les modifications dont elle avait parlé à sa sœur, qui lui permettraient d'être plus indépendante. David l'écoutait avec intérêt.

— Comment a-t-elle pris tes idées ? demanda-t-il.

Janette dut reconnaître que sa sœur n'avait pas témoigné d'un grand enthousiasme.

— Elle n'est pas très contente non plus que j'aille travailler hors de la maison, ajouta-t-elle avec franchise.

David soupira. Pensive, Janette poursuivit :

— Je me demande si le seul fait que je puisse marcher, sortir, mener une vie active comme je veux et quand je veux ne lui est pas plus pénible à imaginer que ma brève absence du matin... Cela expliquerait...

Elle s'interrompit. David la regardait avec une singulière intensité. Il paraissait même angoissé.

— Qu'est-ce que cela expliquerait, Janette ?

Janette secoua la tête.

— Je n'en sais trop rien, David. C'est seulement... Elle a été très bizarre quand je lui ai parlé de cet emploi ce matin... Peut-être préférerait-elle que je passe tout mon temps ici...

Elle leva les yeux sur son beau-frère.

— Sincèrement, dit-elle, je crois préférable pour nous deux que nous ne soyons pas constamment ensemble. Il est mauvais pour elle de savoir qu'elle peut compter sur moi pour la moindre chose. Elle deviendrait facilement volontaire... et même capricieuse et enfant gâtée... Bien sûr, elle a des excuses, mais elle n'améliorerait pas ainsi sa condition.

— Tu as sans doute raison, dit seulement David.

Il n'avait pas l'air très convaincu.

Il resta un moment silencieux, puis il sortit de la cuisine.

« Personne ici n'aime Robert Cameron », se dit Janette.

Après tout, si elle se souvenait de ses propres rencontres avec lui, cela n'avait probablement rien de très surprenant. Pourtant, réfléchissant aux réactions de David et de son père, elle commençait à se demander si elle avait bien fait de solliciter, puis d'accepter cet emploi. Etait-ce une erreur qu'elle finirait par regretter ?

Plus tourmentée qu'elle ne voulait se l'avouer, elle alla en parler à Michael. Elle lui décrivit le travail dont elle serait chargée, et ajouta, en affectant de ne pas y attacher beaucoup d'importance, que ni son père ni son beau-frère ne semblaient avoir beaucoup de sympathie pour le Dr Cameron.

— Je ne puis dire que cela me surprenne beaucoup, ajouta-t-elle en toute franchise. Il est... terriblement arrogant. Et, d'après ce que m'a dit la
réceptionniste que je vais remplacer, il a plutôt
mauvais caractère.

— Ce ne sont là que des appréciations person-
nelles ! dit le garçon. Personne ne le critique pro-
fessionnellement, je suppose ? Tout ce que je sais
de lui dans ce domaine ne pourrait être plus élo-
gieux. Il est l'un de nos conférenciers, à l'école, et
je t'assure qu'il connaît son affaire ! Et de plus, ce
qui est plus rare, je crois, il sait l'enseigner à ses
élèves. Ses exposés sont d'une clarté admirable.

— On ne m'a rien dit contre lui sur le plan
professionnel, dit Janette.

En somme, on ne lui avait rien dit contre
l'homme non plus, à part les avertissements de Hilda.
C'étaient plutôt les silences, l'attitude de David et
du vieux médecin qui semblaient significatifs.

« Que doit penser David en présence d'un
homme qui a à peu près son âge ? » se demanda
Janette. Autrefois, alors qu'il était amoureux d'elle,
fiancé à elle, il songeait à se spécialiser et c'était
précisément la chirurgie du cœur qui l'attirait. Et
maintenant, au bout de vingt ans, il en était à peu
près au même point, généraliste apprécié, certes,
mais n'ayant pas réalisé son ancien rêve, tandis que
Robert Cameron était au sommet de la réussite...,
précisément à la place convoitée par David jadis.
Etait-il surprenant que, même inconsciemment, il
lui en voulût un peu ?

Cependant, il semblait vraiment à Janette qu'elle avait commis une fâcheuse erreur en offrant de prendre la place de Hilda.

Elle dormit très mal cette nuit-là, les idées tournant dans sa tête en une ronde fastidieuse, et quand elle se leva enfin, elle regrettait amèrement de ne pas avoir eu le courage de prendre la porte en voyant que son éventuel employeur était Robert Cameron.

« Après tout, se dit-elle, je peux toujours travailler pour lui pendant quelques semaines, et ensuite je trouverai un prétexte pour donner ma démission. »

Le jour la rendait tout de même un peu plus optimiste. S'il y avait réellement quelque chose de grave à reprocher au cardiologue, une chose connue de son père et de David, ils lui en auraient fait part carrément au lieu de se borner à faire, comme on dit, une drôle de tête.

« En tout cas, ce monsieur si terrible ne me mangera pas ! se dit-elle encore. S'il essaye de me manger, je me défendrai ! »

Cette énergique résolution fit naître un sourire sur ses lèvres, et ce fut d'un pas ferme qu'elle entra dans l'antichambre du cabinet de consultation, qui devenait son bureau personnel.

CHAPITRE VII

Il était 8 h 55, Janette était résolue à faire un bon début et à impressionner favorablement le Dr Cameron.

Quand il arriva, à 9 heures précises, son café était prêt. Il prit la tasse qu'elle lui tendait avec un simple signe de tête de remerciement et ce ne fut qu'après avoir bu qu'il vint la retrouver dans son bureau, sa tasse vide à la main.

— Merci, madame Todd, dit-il. C'est exactement comme cela que j'aime le café. Maintenant, je suis un être humain.

Il lui demanda le livre de rendez-vous et le consulta, les sourcils légèrement froncés.

— Si vous pouvez atteindre madame Raymond au téléphone, dit-il, demandez-lui de venir un peu plus tard avec la petite Megan. Je ne veux pas être pressé pour ce rendez-vous-là.

Janette réussit à parler à Mme Raymond pour mettre la chose au point. Elle raccrochait quand la première cliente arriva. Elle remplit sa fiche et l'apporta au médecin, puis, comme il le lui avait recommandé, elle resta là, un peu à l'écart, jusqu'au moment où la patiente, la femme d'un fermier en retraite, fut prête à rejoindre son mari dans la salle d'attente.

Un autre client était prêt à passer, mais quand le médecin accompagna la malade, il vit le vieux fermier qui attendait sa femme.

— Monsieur Jacobs ! s'écria-t-il. Je ne savais pas que vous étiez là ! Entrez donc un instant : je vais vous expliquer ce que nous allons faire.

Janette était pleine de sympathie pour le pauvre homme qui avait attendu bien sagement, tournant son chapeau entre ses doigts, regardant par la fenêtre, évidemment sans rien voir. Mais, après qu'il se fut entretenu cinq minutes avec le médecin, il partit, le regard clair et le visage calme, un bras protecteur passé autour des épaules de sa compagne. Et Janette jeta un regard intrigué à l'homme qui avait pris le temps, au cours d'une matinée surchargée, de rassurer un vieux paysan sur l'état du cœur de sa malade.

Ensuite arriva Mme Raymond avec sa petite fille. Robert Cameron examina longuement l'enfant, puis il pria Janette de la ramener à la salle d'attente et de la distraire.

Lorsque Mme Raymond sortit du cabinet de consultation, elle avait les yeux rouges, mais elle s'efforçait de sourire.

— Voilà ta maman ! dit Janette à la fillette.

N'oublie pas ta petite carte : tu reviendras la semaine prochaine, le même jour et à la même heure.

La mère de la petite Megan regarda la jeune femme avec curiosité.

— N'êtes-vous pas Janette Martin ? demanda-t-elle d'un ton un peu hésitant. J'avais entendu dire que vous étiez revenue, mais je ne savais pas que vous étiez occupée ici.

— Maintenant, je suis Janette Todd, indiqua Janette.

Elle regarda plus attentivement Mme Raymond.

— Et vous... vous êtes... Laura ? Laura White ?

Elle fit un effort de mémoire. Un souvenir revint. Elle sourit à la cliente.

— Mais alors..., vous avez épousé Ted Raymond ! s'écria-t-elle.

Laura Raymond se retourna. Janette en fit de même et rougit en s'apercevant que Robert Cameron, du seuil de son cabinet, écoutait avec un visible intérêt.

— Janette et moi avons été à l'école ensemble, expliqua Laura Raymond. (Elle revint à Janette :) Je sais que le docteur Cameron est très occupé, je me sauve. Je vous verrai la semaine prochaine, Janette.

La porte se referma derrière elle. Robert Cameron était devant le bureau de la réceptionniste.

— La maladie bleue, dit-il. Nous avons tenu aussi longtemps que possible, attendant que la petite se fortifie... Cela ne va pas vite et je crains que nous ne puissions plus attendre. Quand elle reviendra, la semaine prochaine, il faudra prendre une décision pour l'intervention...

Il regardait Janette, mais celle-ci n'eut pas l'impression qu'il la voyait vraiment.

— Les Raymond savent ce qu'il en est depuis la naissance de la petite. Naturellement, ils ont toujours su que cela se terminerait par une opération, mais... quand le moment vient, c'est toujours dur pour des parents. C'est leur unique enfant et ils ont attendu très longtemps avant de l'avoir. Et... je suis obligé de leur dire les choses franchement... Megan n'est pas aussi costaude que je le souhaiterais. L'intervention a des chances de réussite, mais...

Il n'acheva pas.

Maintenant, il voyait réellement Janette et son regard était soucieux.

— Excusez-moi, dit-il. Je n'avais pas l'intention de vous faire de la peine avant que vous ne soyez habituée. Ces malformations du cœur sont pénibles à accepter... Cela paraît si injuste pour de pauvres gens...

Il regarda sa montre.

— J'ai encore une demi-heure avant l'hôpital, dit-il, mais il n'y a plus de rendez-vous.

— Aimeriez-vous une tasse de café avant d'aller là-bas, docteur ?

— Merci, j'aimerais beaucoup. A l'hôpital, il n'est pas aussi facile qu'ici d'obtenir du café...

Il rentra dans son cabinet, et cinq minutes plus tard. Janette lui apportait une tasse pleine. Il était plongé dans la lecture d'un article d'une revue médicale.

— Merci, dit-il sans relever la tête.

Quand il fut parti, Janette acheva de recopier les fiches à la machine ainsi que les notes prises par le médecin. Elle les classa, puis elle mit son bureau en ordre. Elle n'avait pas arrêté de la matinée, et cela lui avait plu : elle était heureuse de reprendre contact avec la vie médicale. A la maison, autrefois, elle interrogeait toujours son père et David sur leurs malades, elle écoutait avec le plus vif intérêt leurs discussions sur les cas particuliers. Et à Quincomba Creek, elle avait totalement partagé la vie et le travail de Steve, il lui semblait en faire réellement partie.

Mais depuis son retour, Helen ne faisant jamais la moindre allusion aux activités de David, ne lui posant jamais de questions sur ses malades ou sur l'hôpital ; elle avait estimé préférable de ne pas en parler non plus. A présent, elle s'apercevait que ses activités professionnelles lui avaient terriblement manqué et elle se réjouissait d'y être revenue.

A mesure que s'écoulait la semaine, Janette fut obligée de reconnaître, un peu à contrecœur, que son opinion sur Robert Cameron se modifiait peu à peu.

Lorsqu'elle l'observait auprès de ses malades, elle se disait que cet homme n'aurait jamais pu être que médecin.

De temps à autre, il lui arrivait de repenser au soir où, sortant de la maison, elle l'avait trouvé en compagnie de Gaelle. Elle le savait célibataire, mais il était assez âgé pour être le père de la jeune fille, et l'idée qu'il fréquentait une fille aussi jeune et qu'il se plaisait en sa compagnie le diminuait, en quelque sorte, à ses yeux.

Gaelle elle-même n'avait jamais reparlé de lui depuis ce soir-là. « Elle ne peut tout de même pas ignorer que je travaille chez lui ! » pensait Janette.

Deux fois, la voyant rentrer très tard, le teint animé, ses cheveux dorés lui retombant sur le visage, Janette s'était demandé si c'était la voiture de Robert Cameron qui venait de repartir, si c'était le médecin qui laissait à Gaelle ce visage-là...

Plusieurs fois, avec fermeté, elle se dit que la vie privée de son patron ne la regardait en rien et que chacun était libre de faire ce qu'il lui plaisait, mais elle ne pouvait s'empêcher de faire des suppositions...

Par ailleurs, il était facile de travailler pour lui. Elle n'avait pas encore eu à souffrir des sautes d'humeur dont lui avait parlé Hilda. De plus en plus, au cours de ses matinées laborieuses, son admiration et son respect pour le médecin augmentaient. Ce qu'il était en tant qu'homme, se disait-elle, ce qu'il faisait de ses loisirs, cela ne concernait que lui seul. Elle s'efforçait de n'y pas penser.

Après ses premières protestations, Helen ne reprochait plus à sa sœur d'avoir pris un travail. Janette avait même l'impression qu'elle devenait un peu plus raisonnable : elle était de meilleure humeur, plus amicale le reste de la journée. Mais la jeune femme estimait n'en avoir pas encore obtenu suffisamment, tant s'en fallait. Elle tenait absolument à ce que Helen acceptât enfin de sortir de la maison, de circuler dans la petite ville, et elle guettait l'occasion de mettre la question sur le tapis.

Et l'occasion se présenta.

— Sais-tu qu'une nouvelle boutique vient de s'ouvrir dans notre capitale ? dit-elle un jour à Helen. Notre village d'autrefois est une vraie ville maintenant... Cela tient peut-être à l'agrandissement de l'hôpital : plus de gens viennent des environs, cela donne de l'animation et cela fait marcher le commerce.

— Cette nouvelle boutique, qu'est-ce que c'est ? demanda Helen sans grand intérêt.

— C'est un petit magasin de prêt-à-porter. Ils ont du goût, il y a de jolies choses en devanture. Ce matin, j'ai remarqué des jupes longues pour l'hiver : en lainage, en velours... C'est très chic. Je me disais... Pourquoi ne porterais-tu pas des jupes longues au lieu de pantalons ? Une jupe est plus agréable à porter quand on est assis, plus jolie aussi. Et ils ont des blouses ravissantes à porter avec des chandails, des tuniques. Tu devrais voir cela...

Helen releva la tête.

— C'est peut-être une idée, admit-elle. Et des jupes pourraient être agréables aussi quand je serai debout. Demande donc qu'on m'apporte un choix ici.

Janette n'avait aucune intention de faire cela, mais elle attendit le lendemain avant de reparler de la boutique. Il lui fut alors facile d'annoncer à sa sœur que la vendeuse n'avait pas la permission de laisser sortir à condition la marchandise du magasin : la boutique faisait partie d'une chaîne et le règlement était le même partout. On n'y pouvait rien.

Janette se garda d'ajouter qu'elle avait parlé à la vendeuse pour l'informer de la situation. C'était une jeune fille intelligente et gentille qui avait fort bien compris la situation. Il était convenu, si Helen se décidait à venir, que Janette l'avertirait par téléphone et qu'elle préparerait un choix de jupes et de blouses diverses en prévision de la visite.

— Evidemment, je peux te conduire au magasin, dit-elle d'un ton léger. Nous mettrions le fauteuil à l'arrière de la voiture et le trottoir de la grand-rue est en parfait état.

Les mains de Helen se crispèrent sur les accoudoirs de son fauteuil avec une telle force que les jointures de ses doigts devinrent toutes blanches.

— Non, murmura-t-elle. Non, Janette... Je... je ne peux pas.

Durant toutes leurs années d'enfance et d'adolescence, Janette n'avait jamais vu Helen avoir peur de quoi que ce fût. A tous les défis de la vie, à toutes les provocations, elle répondait sans timidité, sans angoisse, elle allait toujours de l'avant sans crainte. Et maintenant...

Le cœur de Janette se serra de pitié. Pauvre

Helen ! voilà qu'elle redoutait d'être vue dans un
fauteuil roulant !

D'instinct, Janette laissa l'affaire en suspens. Il
valait mieux ne pas insister pour le moment. La
chose avait été dite, discutée... Pour l'heure, elle en
resterait là. Janette connaissait le pouvoir de la pensée qui chemine et travaille en dépit des résistances.

— Très bien, dit-elle simplement. Si tu chan-
ges d'idée, tu n'auras qu'à le dire.

Ce fut quelques jours après cela que Robert
Cameron parla de Michael à Janette.

— J'ai un étudiant de première année qui s'appelle Michael Todd, lui dit-il.

Il rapportait sa tasse à café vide dans le bureau
de la jeune femme et la lui tendait pour qu'elle la
remplît.

— Ce ne serait pas votre fils, par hasard ?

— C'est bien mon fils, répondit Janette.

Elle hésita un instant, puis se décida.

— Il m'a parlé de vos conférences, dit-elle.
Elles l'intéressent beaucoup.

— C'est un garçon brillant, déclara Robert
Cameron. Et travailleur. Je voudrais pouvoir en
dire autant de tous mes élèves !

Il la regardait et dans ses yeux Janette lut un
amical et sincère intérêt qui lui réchauffa le cœur.

— Il vous ressemble, c'est vrai, dit-il. Mais je
n'aurais pas cru que vous puissiez avoir un fils de
cet âge.

— Il n'a que quelques mois de moins que Gaelle, expliqua Janette, et ma sœur Helen est ma cadette.

— Il paraît, oui...

Se souvenait-il du soir où « la tante Janette » l'avait découvert en compagnie de Gaelle ? Supposait-il qu'elle avait parlé à dessein de la jeune fille, pour souligner qu'elle n'était guère plus qu'une enfant ?

— Gaelle ! C'est incroyable comme elle a grandi tout à coup !

— C'est une chose qui arrive souvent aux filles de cet âge, répondit Janette assez froidement.

— C'était une vraie gamine il y a un rien de temps... et voyez-la maintenant !

« Non, docteur Cameron ! pensa Janette, irritée. Vous n'allez pas me jeter de la poudre aux yeux aussi facilement ! Les beaux parleurs n'ont aucun succès auprès de moi ! »

Sans ajouter un mot, elle mit une nouvelle feuille de papier sur sa machine à écrire et commença à taper. Mais elle sentait avec colère que le cardiologue l'observait avec amusement.

Après quelques secondes, il posa sa tasse vide sur le bureau de la jeune femme et s'en alla.

Quelques minutes plus tard, il sortait de son cabinet.

— Je pars pour l'hôpital, Janette, dit-il.

La jeune femme leva les yeux, furieuse de sentir ses joues s'empourprer en entendant son patron l'appeler par son prénom.

— Est-ce que cela vous est désagréable que je vous appelle Janette ? demanda-t-il avec un demi-sourire. Comment voudriez-vous que je continue indéfiniment à vous appeler cérémonieusement « Madame Todd » quand nous passons trois heures ensemble tous les matins ?

— Non, répondit Janette cela ne m'est pas désagréable, docteur.

— Robert, s'il vous plaît.

Il alla à la porte. Comme Janette se taisait, il se retourna :

— Dites : « Non, cela ne m'est pas désagréable, Robert. »

Janette ne put s'empêcher de sourire.

— Non, Robert, dit-elle docilement, cela ne m'est pas désagréable.

— A la bonne heure ! A demain !

Restée seule, Janette eut quelque peine à se remettre au travail. Elle dut se forcer à une concentration suffisante pour mettre à jour ses notes et ses fiches. Mais lorsque ce fut terminé et qu'elle ne pensa plus qu'à ranger, elle réfléchit à l'épisode. Elle s'avoua que jusque-là elle avait résisté à la tentation de penser à Robert Cameron...

« Il est bien physiquement, se dit-elle. Bien bâti, avec un visage accentué, un peu dur peut-être, mais de beaux yeux et de beaux cheveux noirs. Et... quand il le veut..., il est vraiment très... plaisant. »

Elle ne se risquait pas encore à penser « séduisant ». C'était là un terme dangereux.

Soudain, elle se rappela ce qu'il lui avait dit, ce

fameux soir devant la maison : « C'est une habitude dangereuse de juger les gens avant de les connaître vraiment. »

Sans doute l'avait-elle, en effet, jugé trop vite. A ce moment-là, elle ne l'avait pas vu en présence de ses malades...

Mais dans ce cas, pourquoi son père et David avaient-ils eu cette étrange attitude quand elle avait parlé de travailler pour lui ?

La même question se posait sans cesse, et demeurait sans réponse. Et le même raisonnement suivait : si le Dr Martin avait su de Robert Cameron quelque chose de rédhibitoire, il ne l'aurait pas caché à sa fille.

« Il s'agit peut-être seulement de jalousie inconsciente », se dit-elle une nouvelle fois.

Lorsque, quelques jours plus tard, Robert l'invita à l'accompagner au cinéma, elle sut immédiatement ce qu'elle souhaitait répondre. Pourtant, elle hésita.

— Ce soir ? dit-elle. Je ne suis pas sûre de pouvoir... Je... il faudrait...

— Allons, Janette ! interrompit le médecin avec brusquerie. Nous ne sommes pas des gosses de quinze ans ! Je ne vous demande ni de m'épouser ni même de passer le week-end avec moi...

Il la regardait. Visiblement, il s'amusait beaucoup.

— Ma parole ! vous rougissez ! s'écria-t-il.

— Je ne rougis pas ! déclara la jeune femme dignement.

Robert s'assit sur le coin de son bureau.

— Il s'agit d'un vieux film, dit-il. *Le Patron*. Je l'ai vu il y a des années, et vous aussi, je pense, mais ne serait-il pas amusant et intéressant de le revoir ensemble ? Et d'en discuter entre gens du métier ?

— J'ai vu le film autrefois, oui, dit Janette. Je l'ai beaucoup aimé.

Il n'était plus temps d'hésiter. Elle ne put s'empêcher de sourire.

— Merci, Robert. Je serai ravie de revoir cela avec vous. Merci de penser à m'emmener !

« Il a tout à fait raison, se dit-elle. Il ne s'agit que de passer ensemble une soirée. Inutile d'en faire toute une histoire ! Je suis ridicule... »

Mais quand elle annonça à Helen qu'elle sortait, ce soir-là, elle ne précisa pas que c'était avec Robert Cameron. Son père et David devaient rentrer tard : elle partit sans les avoir vus, évitant ainsi les questions embarrassantes.

— J'ai laissé le dîner dans le four, dit-elle à sa sœur. J'ai ma clé pour rentrer. Que personne ne s'inquiète !

Sur le seuil de la pièce, elle s'arrêta et regarda sa sœur.

— Helen..., murmura-t-elle.

Elle ne savait pas ce qu'elle voulait dire, mais soudain, l'expression de sa cadette lui faisait mal.

Mais Helen détourna la tête et prit une revue sur la table.

— Cela change d'autrefois, n'est-ce pas ? dit-elle d'un ton narquois. C'est toi qui sors et c'est moi qui reste à la maison. Dans le temps, c'était généralement l'inverse ! Tu étais plutôt du genre casanier, ma pauvre fille... Aurais-tu changé ?

Elle eut un de ces petits rires méchants qui blessaient toujours Janette.

— Amuse-toi bien à regarder ton vieux film ! dit-elle.

Elle avait pris un visage hostile et fermé. Janette s'en alla sans rien ajouter.

« Je ne vais pas penser à elle, ni à rien d'autre ! se dit-elle énergiquement. Il y a longtemps que je n'ai passé une soirée hors de la maison. Quoi qu'il arrive, j'y prendrai plaisir. Je ne vais pas me laisser gâcher une distraction parce que c'est moi qui sors et pas Helen ! »

Autrefois... C'était vrai : c'était toujours sa sœur qui partait avec des amis, joyeuse, rieuse, tandis qu'elle restait à pâlir sur ses manuels. Elle n'en avait jamais voulu à Helen, pourtant, elle ne l'enviait pas, elle ne la jalousait pas. La jalousie, pensa-t-elle, c'est une sorte de maladie : on l'a ou on ne l'a pas. Elle ne l'avait pas, grâce au Ciel. A son avis, c'était là un sentiment si mesquin, si humiliant qu'elle ne se serait pas abaissée à l'éprouver.

Elle songeait à tout cela en roulant vers la petite ville où elle avait rendez-vous avec Robert.

« Je deviens bien philosophe ! » se dit-elle en souriant.

D'ordinaire, elle ne s'occupait guère de ses états d'âme. Etait-elle en train de changer ?

Elle arrêta la voiture sur le parking, près de la mairie, et alla retrouver Robert qui l'attendait devant chez lui. Passant devant une boutique, elle jeta un regard sur son reflet : il lui avait recommandé de se vêtir chaudement et elle portait un pantalon noir avec un épais chandail de laine turquoise sous une veste mi-longue.

Il l'avait attendue sur le pas de la porte et vint à sa rencontre.

— Pas de difficulté pour ranger votre voiture ? demanda-t-il d'un air faussement angoissé.

Mais cette fois, parce qu'il lui avait pris le bras, parce que ses yeux riaient et qu'il la regardait amicalement, Janette ne se formalisa pas et sourit gaiement. Tout à coup, inexplicablement, elle avait le cœur léger comme une plume.

— Aucune difficulté, dit-elle. Je crois que je fais des progrès. Mais je vois que vous ne vous êtes pas risqué à laisser votre voiture dans les parages... Vous aviez trop peur que je ne l'abîme ?

Ils gagnèrent Edimbourg en bavardant de choses et d'autres. Robert avait retenu des places dans le fond de la salle : le son y était meilleur.

Janette remarqua que plusieurs personnes saluaient son compagnon d'un signe de tête : elles avaient l'air intriguées, mais Robert ne fit que leur rendre la politesse, d'un air aimable.

Le film intéressa Janette autant qu'il l'avait intéressée jadis, et elle y prit même plus de plaisir en
pensant qu'elle pourrait en discuter ensuite avec
son compagnon. Le film fut suivi d'un excellent
film comique, également ancien, mais admirable-
ment joué et très drôle.

— Il y a longtemps que je n'avais autant ri !
avoua-t-elle à Robert en sortant. Une fois de temps
à autre, cela fait vraiment du bien.

— Je suis content que vous aimiez rire, dit le
médecin. J'aime qu'on soit bon public : il y a tant
de gens qui ne condescendent jamais à se laisser
prendre au jeu !

D'un geste tout naturel, il lui prit le bras.

— Allons prendre un café chez Luigi, dit-il.

Sans attendre la réponse, il l'entraîna vers un
bar, de l'autre côté de la rue.

— Je devrais rentrer à la maison, dit Janette
comme ils s'asseyaient à une table.

Robert lui sourit.

— Je sais, répliqua-t-il avec bonne humeur.
Vous n'approuvez pas du tout que je ramène trop
tard les jeunes personnes que j'invite à passer la
soirée avec moi.

Janette releva le menton.

— Non, dit-elle, je n'approuve pas.

Elle s'efforça de prendre un air sévère.

Mais elle jouait un peu la comédie. Elle se sentait à l'aise auprès de Robert Cameron : la conversation, avec lui, était facile et intéressante ou amu-
sante. Elle leva les yeux sur lui.

— D'autre part, je ne suis pas une jeune personne, Robert ! dit-elle.

— J'aime beaucoup les vieilles dames aussi, répliqua-t-il, surtout celles qui sont aussi bien conservées que vous !

Il se leva pour aller acheter des cigarettes, et Janette, le suivant des yeux, profita de l'occasion pour se répéter sévèrement qu'il était son patron et que leurs relations s'amélioraient un peu plus qu'elle ne l'aurait voulu. Plus qu'il n'était raisonnable.

— Maintenant, il faut vraiment que je parte, dit-elle quand il fut revenu.

Elle se leva et mit son manteau.

— Commencez donc par finir votre café, conseilla le médecin d'un ton placide. Je ne vais pas vous manger, vous savez, si c'est par hasard de cela que vous avez peur.

Janette rougit, se rassit et vida sa tasse, après quoi elle se leva de nouveau.

Robert Cameron lui prit le bras pour la conduire jusqu'à la voiture.

— Il faudra recommencer cela, dit-il. Cette soirée m'a fait très grand plaisir.

— A moi aussi, admit Janette franchement. Merci mille fois de me l'avoir offerte.

Ils firent le chemin du retour en parlant des films. Robert arrêta enfin sa voiture près de celle de la jeune femme. Elle lui remit ses clés et il ouvrit la portière, mais avant qu'elle ne monte, il lui prit les deux mains.

— Bonne nuit, Janette. A demain !

Il parlait d'un ton tout à fait naturel. Il se pencha et ses lèvres effleurèrent la bouche de la jeune femme, brièvement, mais chaleureusement. « Ce n'était pas un véritable baiser », pensa Janette, un peu étourdie. C'était plutôt comme... comme une promesse de baiser. Un premier pas...

Cette idée la fit rougir de confusion.

— Bonne nuit, Robert, dit-elle.

Sa voix n'était pas très ferme.

Elle monta dans la voiture, la mit en marche et démarra. Elle rentra vite.

Quand elle rangea l'auto dans le garage, elle souriait. Ses lèvres étaient encore chaudes du baiser léger de Robert. De sa promesse de baiser...

Elle fut étonnée de voir qu'il y avait encore de la lumière dans la salle de séjour. Elle ouvrit la porte et s'arrêta sur le seuil.

David, debout devant la cheminée, l'attendait.

— Je pensais que tu allais rentrer il y a au moins une demi-heure ! dit-il avec irritation. La séance devait s'achever à 23 heures... Où es-tu allée, Janette ?

La colère monta lentement dans le cœur et dans l'esprit de la jeune femme. Elle se redressa.

— Je ne vois pas en quoi cela te regarde, dit-elle froidement. Tu n'as aucun droit de t'occuper de mes faits et gestes, ou de mes sorties, et de l'heure à laquelle je rentre, David.

— Non, c'est vrai, répondit-il avec lassitude. Excuse-moi, Janette. Tu as tout à fait raison. Je n'avais pas à te poser cette question. C'est seulement que... je m'inquiétais.

— C'était bien inutile ! dit la jeune femme, toujours mécontente. Je suis très capable de me débrouiller, tu sais ? Je n'ai plus dix-huit ans !

Tout en parlant, elle se demandait si elle disait la vérité. Etait-elle vraiment capable de se défendre ? Elle se rappelait ce qu'elle avait éprouvé quand Robert l'avait embrassée, et... ce qu'elle éprouvait encore.

— Je suis assez grande pour me défendre en cas de besoin, reprit-elle.

Un instant, elle se demanda qui elle cherchait à convaincre, de David ou d'elle-même.

Elle s'avisa soudain du ton sec sur lequel elle avait parlé et elle se força à sourire.

— Mon pauvre ami, dit-elle, le temps est passé où il me fallait demander des permissions de sortie... Du reste..., si je comprends ce qui se passe à l'heure actuelle, ce genre de chose est quelque peu passé de mode, non ?

— Oui, bien sûr, dit David.

Il sourit aussi, mais son sourire était forcé.

— Je te demande pardon, dit-il. C'est bête, je pense... Mais je ne puis m'empêcher de croire que je suis responsable de toi, tout au moins dans une certaine mesure.

Janette le regarda en face.

— Ce n'est pas la peine, dit-elle sérieusement.

C'était là un terrain dangereux : elle ne voulait pas que maintenant ou plus tard il lui expliquât

pourquoi il s'estimait responsable d'elle. Pour éviter ce risque, elle s'empressa de parler d'autre
chose :

— Comment Helen a-t-elle passé la soirée ?

— Elle l'a fort bien passée, répondit David.

Helen s'était endormie très vite après s'être
couchée, sans même avoir besoin de somnifère.

— Eh bien, je vais me coucher aussi ! dit Janette. Bonne nuit, David.

Il était encore debout devant les dernières brai-
ses du feu quand elle le quitta, et soudain, traîtreusement, son cœur se serra de pitié pour lui. Il avait
l'air tellement seul ! Involontairement, elle ne put
s'empêcher de le comparer à Robert Cameron.
Robert, lui aussi, était un homme seul, mais il n'en
donnait pas l'impression, et il ne suscitait certes pas
la pitié ! Mais c'était parce que sa solitude venait
d'un choix. En somme, il était plus seul encore que
David puisqu'il n'avait autour de lui, ni femme, ni
fille, ni beau-père. Mais il était heureux de son sort ;
de cela, Janette était sûre. Tandis que le pauvre
David...

Quand elle fut couchée, avant de s'endormir,
elle repensa à ce qu'elle avait dit à son beau-frère :
« Je suis assez grande pour me défendre en cas de
besoin... »

« Oui, naturellement, se dit-elle. Je me défen-
drais même très bien si c'était utile... Pour commencer, Robert Cameron est mon patron et il n'est pas
homme à courtiser ses collaboratrices. Ensuite,
même si c'est un homme très sympathique et sédui-

sant, je peux fort bien avoir avec lui des rapports amicaux dépourvus de toute complication. Après tout, qu'est-ce qu'un baiser, par les temps qui courent ? Moins que rien... Et il ne s'agissait même pas d'un véritable baiser ! »

Au moment où elle était plus qu'à moitié endormie, une question troublante se posa à son esprit : comment réagirait-elle si Robert Cameron l'embrassait vraiment ?

CHAPITRE VIII

Ce matin-là, Janette trouva Robert Cameron parfaitement détendu.

Il lui dit bonjour aimablement, fit une vague allusion à la séance de cinéma de la veille, puis il demanda les fiches des malades qui devaient venir. Janette, sans aucune peine, imita son attitude, fut également aimable et se concentra sur son travail.

Elle se demanda néanmoins si David connaissait l'identité de l'homme avec lequel elle était sortie la veille, mais, se souvenant de la réserve avec laquelle son père et lui avaient accueilli la nouvelle de son engagement par le cardiologue, elle se dit que mieux valait n'en rien dire. Vis-à-vis d'eux, il ne s'agirait jamais que de relations normales d'employeur à employée.

Un nouveau problème allait bientôt, d'ailleurs, lui occuper l'esprit à la maison. Un problème qu'elle n'aurait jamais songé à prévoir. Il s'agissait de son fils.

Michael avait toujours été, comme son père,

d'humeur égale, ouvert et amical envers tous ceux qu'il côtoyait. Or, tout à coup, Janette s'apercevait qu'il devenait irritable et nerveux. Il y avait constamment des discussions et même des disputes entre Gaelle et lui, et même quand il n'y avait pas de contestation bruyantes, on sentait autour d'eux une atmosphère d'antagonisme et même d'hostilité qui contrariait et inquiétait la jeune femme.

Même en admettant qu'elle fût encline à se montrer indulgente pour le garçon, Janette ne pouvait pas rester aveugle au fait que Gaelle provoquait les disputes comme à plaisir, taquinant son cousin, lui faisant des remarques désagréables jusqu'au moment où Michael perdait patience et répondait sur le même ton. Elle avait commencé par ne pas intervenir, ce qui était contraire à ses principes, mais finalement, il lui devint impossible de se taire.

— Quelles sont ces sottises entre Gaelle et toi ? demanda Janette à son fils un soir.

Exaspérée par ces perpétuelles chamailleries, elle voulait au moins en connaître la raison.

Michael leva les épaules.

— Gaelle est une sotte et une enfant gâtée, dit-il. Elle s'imagine que tout le monde doit s'incliner devant ses moindres caprices, faire tout ce qu'elle veut, et l'admirer par-dessus le marché !

Janette regarda son fils avec étonnement. Jamais encore elle ne l'avait entendu juger qui que ce fût avec autant de sévérité.

— Tu peux penser ce que tu veux de ta cousine, dit-elle assez sèchement, mais n'oublie pas que nous vivons ensemble ici : vous entendre vous disputer sans cesse est parfaitement insupportable pour les autres !

Depuis bien longtemps, elle ne lui avait pas parlé sur ce ton et le pauvre Michael en fut visiblement contrit. Il se passa dans les cheveux une main impatiente.

— Je n'y peux rien, maman ! Elle passe son temps à m'agacer. J'essaye de ne rien répondre, mais pour finir, c'est plus fort que moi. Elle continue, continue jusqu'à ce que je me mette en colère ! Tu sais pourtant bien que cela ne me ressemble pas... Que ne me laisse-t-elle tranquille !

Janette, pour sa part, sentait son irritation s'envoler. Ebouriffé et le regard désolé, Michael redevenait soudain son petit garçon ; il n'était plus l'étudiant en médecine lointain et plein d'aplomb.

— Tu sais, mon chéri, lui dit-elle lentement, cherchant avec soin les mots qui convenaient, Gaelle n'est pas très heureuse. Elle n'a pas l'air très en confiance avec son père et sa mère et... je crois qu'au fond cela l'agace de nous voir si proches, toi et moi.

Elle hésita un instant, puis se décida à dire tout ce qu'elle pensait.

— Je crois que cela ne lui plaît pas que tu me dises ce que tu fais, ou que tu me parles de tes amis et des camarades que tu rencontres ou avec lesquels tu sors. On dirait presque qu'elle trouve mauvais que tu m'avertisses quand tu ne rentreras pas dîner !

Le garçon rougit, puis il se mit à rire.

— Je sais. J'ai entendu ces « salades » plus d'une fois, et encore l'autre matin : il paraît que nous ne sommes pas « dans le coup ! » Tu retardes, et personne, mais alors personne ne se soucie aujourd'hui de ce que disent les parents !

— Je vois ! dit Janette avec bonne humeur.

Michael la regarda en soupirant.

— Je suis désolé que cela t'ennuie, maman. Je vais essayer de ne plus m'énerver. Après tout, ce n'est qu'une fille...

« Une fille qui ne tourne pas rond ! »

De plus en plus souvent Janette pensait cela en observant le visage hargneux de sa nièce. Elle essaya de parler d'elle à Helen, mais celle-ci n'avait aucune envie de discuter de l'attitude de Gaelle. Helen avait toujours détesté s'occuper de ce qui ne l'amusait pas.

— Elle est comme toutes les filles de son âge, dit-elle avec indifférence. Elles sont toutes assommantes et difficiles. Le mieux est de n'y pas faire attention.

Elle eut ce sourire un peu méchant qui peinait toujours sa sœur.

— Tu verras, quand Lucy aura quelques années de plus. Tu te trouveras en face de la même situation. Quant à Michael, tu peux dire que tu as de la chance de vivre jusqu'à présent aussi loin de la civilisation moderne. Mais patiente : les choses changeront de ce côté-là aussi.

Tout à coup, par une de ces volte-face singulières dont elle avait la spécialité, elle reprit, sur un ton détaché qui ne réussit pas à tromper Janette un seul instant :

— Je repensais à ces jupes longues dont tu m'as parlé... Pourquoi ne ferions-nous pas un saut à cette boutique pour les regarder ? A condition, naturellement que tu n'aies pas trop à faire pour prendre le temps de toutes ces cérémonies ridicules pour mettre le fauteuil roulant dans la voiture et l'en retirer...

Le cœur de la jeune femme battit violemment, mais elle parvint à répondre avec toute la légèreté voulue :

— Non, je n'ai pas tellement à faire aujourd'hui et il me semble que c'est là une très bonne idée. Je vais aller sortir la voiture et ouvrir l'arrière.

La partie arrière de la voiture avait été aménagée et une rampe en descendait jusqu'au sol, permettant de faire monter ou descendre le fauteuil de Helen. Janette aida sa sœur à quitter son fauteuil et à s'asseoir sur le siège avant, puis elle alla mettre le fauteuil à l'arrière, referma la voiture et vint prendre sa place derrière le volant. A côté d'elle, elle sentit Helen tendue et crispée : elle avait les mains serrées l'une contre l'autre sur les genoux.

Elle dit soudain, d'une voix trop haute et trop perçante :

— C'est la première fois que je monte dans une voiture depuis... depuis l'accident !

Janette lui jeta un regard inquiet.

— Je... je ne me rendais pas compte de cela, dit-elle avec autant de calme qu'elle le put. Ne crois-tu pas que tu as eu tort de... d'attendre si longtemps ? N'aurait-il pas été... euh... moins dur de refaire de la route plus rapidement ?

Helen haussa les épaules.

— Peut-être, admit-elle avec indifférence.

Elle resta silencieuse un instant.

— Janette, dit-elle soudain, que t'ont-ils dit au sujet de l'accident ?

— Rien...

En prononçant le mot, la jeune femme en fut elle-même surprise. Sur le moment, dans son émotion, elle n'avait pas songé à s'étonner.

— On m'a seulement dit que tu avais eu un accident de la route et... que tu souffrais de ses suites...

Une idée la frappa tout à coup.

— Helen..., ce n'est pas dans cette voiture-ci que tu te trouvais, par hasard ?

— Non, ce n'était pas dans cette voiture !

Un instant, Janette crut qu'elle allait ajouter quelque chose, mais sans doute y renonça-t-elle. Du geste, elle désigna un grand bâtiment presque terminé : il remplaçait une maison où jadis les deux sœurs allaient prendre des leçons de musique.

Quelques minutes plus tard, elles arrivèrent à destination. Janette gara la voiture à proximité du magasin de vêtements. Il y avait peu de monde dans la rue et elle s'en réjouit. Aussi rapidement que possible, elle mit pied à terre, alla chercher le fauteuil roulant et aida Helen à s'y installer. Elle disposa une chaude couverture sur ses genoux et allait prendre place derrière le siège pour le pousser quand un regard sur le visage blême de sa sœur coupa son élan.

— Helen ! dit-elle doucement. Ça ne va pas ?

— Je... je ne peux pas..., murmura Helen d'une voix altérée.

« Si nous renonçons, pensa Janette, si je la ramène à la maison maintenant, c'est fini : elle n'en sortira plus jamais ! Il faut tenir bon... »

— Relève la tête, Helen, tout ira bien ! dit-elle.

Sa main, deux secondes, vint serrer celle de sa sœur.

— C'est ce que maman nous disait toujours, t'en souviens-tu ?

Helen leva les yeux.

— Avant les compositions... ou les examens..., Oui, je me rappelle.

Janette hocha la tête.

— Je crois vraiment que cela nous aidait, dit-elle.

Sa voix n'était pas très assurée non plus.

Elle regarda sa sœur. Il y eut un moment d'incertitude, puis soudain, le pâle visage se colora : Helen relevait le menton.

— De quoi ai-je l'air ? demanda-t-elle.

— Tu as l'air très bien, répondit la jeune femme en toute sincérité. Tu es ravissante, comme toujours !

Elles n'eurent pas beaucoup de chemin à par-

courir dans la grand-rue, mais elles rencontrèrent
tout de même deux ou trois personnes qu'elles
connaissaient, et malheureusement aucune d'elles
ne pensa à dissimuler sa surprise à la vue de Helen.
Mais Helen se comporta parfaitement : comme
Janette, elle répondit à leur salut du ton le plus
naturel et Janette continua tranquillement à pousser le fauteuil vers la boutique de prêt-à-porter.

Elle avait téléphoné avant de quitter la maison
pour annoncer leur visite et la vendeuse avait préparé tout un choix de jupes de la taille voulue. Elle
les apporta à Helen et Janette aida sa sœur à les
essayer. Très vite, elle reprit confiance : peu à peu,
Helen commençait à s'intéresser à la question, puis
elle examina les jupes attentivement et elle perdit
enfin toute gêne.

— Que penses-tu de cette jupe de tweed, Janette ?... Et de cette autre, en lainage vert ?

— J'en pense le plus grand bien, dit Janette
gaiement.

— Pendant que j'y suis, je pourrais voir des
chemisiers et des chandails...

Elle en choisit trois et pendant que la vendeuse
mettait ses achats dans un carton, elle se tourna
vers sa sœur.

— Cela va être comme autrefois ! murmura-
t-elle. Quand David va recevoir la facture...

— Je suis sûre qu'il ne dira rien, Helen !

Janette était même certaine qu'il serait enchanté.

Pour la première fois depuis son retour en Ecosse, elle voyait briller les yeux de Helen de la même lueur malicieuse que dans sa petite jeunesse.

Ce soir-là, quand David rentra, Helen avait mis la longue jupe verte, avec un chandail d'un vert plus clair. Janette, qui était en train de mettre le couvert, vit son beau-frère s'arrêter au seuil de la salle de séjour, figé sur place par la surprise. Puis son visage s'éclaira et il s'avança vivement vers sa femme.

— Que tu es jolie, ma chérie ! dit-il. Et si élégante !

Il se pencha pour l'embrasser, et avant de sortir de la pièce, Janette remarqua que cette fois sa sœur ne se détournait pas.

Quand elle revint, un peu plus tard, David, assis à côté de sa femme, l'écoutait raconter avec entrain l'équipée de l'après-midi.

— Il ne faudra pas te plaindre quand tu recevras la facture, puisque tu me trouves si belle ! recommanda-t-elle.

— J'essaierai ! promit David en souriant.

Au-dessus de la tête dorée de sa femme, son regard rencontra celui de Janette.

Celle-ci ayant regagné la cuisine pour achever de préparer le dîner, il vint la rejoindre.

— Je ne sais pas comment te remercier, dit-il à voix basse. Ecoute-la maintenant ! Elle est en

train de tout raconter à votre père ! Ne la laisse pas
s'endormir : fais-la ressortir bientôt.

— Je ferai ce que je pourrai, promit Janette,
mais... David, toi aussi, il faut t'y mettre. Quand tu
auras du temps libre, fais-la sortir : je suis sûre
qu'elle aimerait mieux sortir avec toi qu'avec moi.

— Je n'en suis pas si sûr, soupira-t-il.

Son visage subitement assombri étonna et inquiéta sa belle-sœur.

— De toute façon, dit-il, merci...

Dans la soirée, quand Janette eut achevé son
travail dans la cuisine, elle regagna la salle de
séjour. Helen et David regardaient la télévision.
Le Dr Martin la regardait aussi, mais il se leva et
s'approcha de sa fille aînée.

— Tu as fait des prodiges aujourd'hui, petite !
murmura-t-il à son oreille.

D'un geste rapide, il lui prit la main et la serra.

— Aucun de nous n'avait réussi à la décider à
sortir de la maison, reprit-il. Maintenant que voilà
fait le premier pas, ce ne sera plus aussi pénible
pour elle.

— C'est un progrès, aucun doute à cela, reconnut la jeune femme, mais... Papa, il ne faut pas
crier victoire trop vite ! Il reste encore beaucoup à
accomplir.

Elle hésita un instant, attira son père dans le
vestibule et lui révéla la fin de l'histoire. Pendant
tout le trajet du retour, Helen n'avait cessé de

répéter sur un ton de défi qu'elle continuerait à porter ses jupes longues quand elle serait enfin délivrée de son fauteuil roulant et qu'elle marcherait comme tout le monde.

Le vieux médecin hocha la tête.

— Oui, je sais bien, nous ne pouvons espérer de miracle, dit-il. Elle continuera à s'entêter aussi longtemps qu'elle le pourra, mais je suis sûr que tôt ou tard elle finira par regarder la vérité en face. Et à ce moment-là, nous l'aiderons à s'y adapter vraiment.

— Je lui ai déjà parlé de modifications à apporter à la cuisine pour qu'elle puisse y faire seule plus de choses, expliqua Janette.

Le médecin hocha la tête d'un air pensif.

Le lendemain, quand Janette eut mis la cuisine en ordre après le déjeuner, il vint l'y rejoindre.

— Si nous commencions à arranger ces placards ? proposa-t-il. Je pourrais ranger sur les rayons du bas ce que tu retirerais du haut et que tu me passerais.

Janette vit les mains de sa sœur s'immobiliser sur la revue qu'elle tenait, mais elle garda le silence. Elle retourna à la salle de séjour, mais une demi-heure plus tard, ils entendirent le fauteuil roulant qui revenait et s'arrêtait au seuil de la porte.

— Il faudrait déménager le café aussi, dit soudain Helen. Là où il est, je ne peux pas l'attraper.

Janette parvint à ne pas regarder son père, penché sur le bas d'un placard.

— Oui, tu as raison, dit-elle tranquillement. As-tu d'autres idées à nous donner ?

Mais déjà, Helen faisait tourner son fauteuil pour s'en aller.

— Je me demande vraiment pourquoi vous prenez toute cette peine ! dit-elle. Vous n'allez tout de même pas croire que je vais me transformer en maîtresse de maison, en femme d'intérieur modèle au point où j'en suis ? Merci bien !

Mais, en dépit de ce commentaire, Janette et son père devinaient qu'en lui laissant du temps et en l'encourageant sans en avoir l'air, Helen ferait un nouveau pas en avant vers l'acceptation de son état, et qu'elle commencerait enfin à s'y adapter plus sainement.

La réorganisation de la cuisine n'avait pas encore produit beaucoup d'effet sur sa sœur, songeait Janette, mais ce travail fait en équipe, et ce commun espoir de parvenir à un heureux résultat, avait un peu rapproché le père et sa fille aînée.

S'il n'y avait pas encore beaucoup d'intimité entre eux, tel n'était certes pas le cas entre le Dr Martin et la petite Lucy. L'enfant avait aimé son grand-père dès leur rencontre et leur affection réciproque ne faisait que croître. Ensemble, ils dressaient le petit chien, le promenaient, jouaient avec lui. Parfois, Janette, observant le vieil homme et l'enfant qui partaient, la main dans la main, le chiot sautant joyeusement autour d'eux, se rendait compte, le cœur serré, de la solitude dont son père avait dû souffrir depuis des années. Gaelle avait dû être très différente de Lucy. Peut-être avait-elle été aussi seule que son grand-père, mais, Janette en était sûre, elle n'avait jamais dû se rapprocher du vieux médecin, lui donner sans partage cette tendresse qui à présent le rendait si visiblement heureux.

— J'ai rencontré votre père l'autre jour avec votre fille et un petit chien fort exubérant, lui dit Robert Cameron un matin.

Un rendez-vous ayant été décommandé, il était libre pour une demi-heure.

— Il a l'air mieux qu'il ne l'a été durant des années, Janette.

— Oui, reconnut la jeune femme, il paraît se porter mieux qu'au moment de mon retour.

Robert s'était assis en face d'elle. Elle le regarda.

— Cela a dû être dur pour lui, dit-elle, cette période depuis l'accident de ma sœur.

Le regard du cardiologue pesait sur elle, sombre soudain, et inexplicablement froid.

— L'accident de votre sœur..., répéta-t-il. Que vous a-t-on dit sur l'accident de Helen, Janette ?

« Comme c'est bizarre ! » pensa Janette. Helen lui avait posé exactement la même question...

— Rien, dit-elle, intriguée plus encore que lorsque sa sœur l'avait interrogée. Je sais qu'elle a eu un accident et qu'elle a été gravement atteinte. Pourquoi ?

Mais Robert Cameron se contenta de secouer la tête. Puis il parla d'autre chose. Janette trouva le fait plus étrange encore.

— J'ai échangé quelques mots avec madame Raymond l'autre jour, dit le médecin. La mère de Megan, vous vous rappelez ? Vous ne m'aviez pas dit que jadis vous aviez été fiancée avec David Bennett, Janette ?

La jeune femme se sentit pâlir. Elle avait été faire du café pour son patron et pour elle ; lentement, elle posa sa tasse sur la table.

— Aurais-je dû vous le dire ? demanda-t-elle. Pour quelle raison ?

Elle parlait aussi calmement qu'il lui était possible. Robert Cameron haussa les épaules.

— Vous n'aviez aucune raison de me parler de cela, admit-il. Mais... cela explique beaucoup de choses...

— Autrement dit ?

— Par exemple une attitude un peu sévère vis-à-vis de votre sœur, répondit le cardiologue tranquillement.

Quelques instants passèrent avant que Janette ne fût capable de répondre.

— Je ne comprends pas ce que vous voulez dire, répliqua-t-elle après avoir réfléchi.

— Cela ne m'étonne pas.

Il sourit, mais il n'y avait ni gaieté ni chaleur dans ses yeux noirs fixés sur son visage avec une intensité qui mettait la jeune femme mal à l'aise.

— Eh bien, reprit Robert, quand vous m'avez

parlé de Helen et de la peine qu'elle a à s'adapter à
son état, j'ai eu l'impression que, dans une certaine
mesure, vous manquiez d'indulgence envers elle
comme je vous le disais à l'instant. Vous la criti-
quiez... Peut-être estimez-vous que si elle faisait
plus d'efforts, la vie de votre cher David en deviendrait plus facile ?

Il y avait tant de vérité dans le raisonnement
que Janette rougit violemment.

— D'abord, dit-elle, il n'est pas spécialement
« mon cher David » !

Elle réussissait à conserver un ton uni, mais elle
fut obligée de joindre ses mains pour les empêcher
de trembler.

— Ce qu'il y a eu entre David et moi est terminé depuis vingt ans, continua-t-elle. Si cela vous
intéresse, Robert, j'aimais beaucoup mon mari. Nous
avons été très heureux ensemble.

Tout à coup, horrifiée, elle fondit en larmes.
Cela vint si vite qu'elle n'eut pas le temps de réagir.
Elle tourna la tête mais pas assez vite.

— Janette !... Je n'aurais jamais dû vous dire
cela ! Je vous en prie, ne pleurez pas !

Il tira un mouchoir propre de sa poche et lui
essuya les yeux, sans douceur, mais elle ne parvenait pas à retenir ses larmes. Quand elle put enfin
ouvrir les yeux et le regarder, son visage, tout proche du sien, était chaleureux et consterné.

— Je suis navré, Janette, dit-il d'une voix assez
mal assurée.

Elle vit, avec surprise, qu'il était sincère, mais

sur le moment, elle était trop émue pour répondre, trop émue même pour s'étonner qu'il lui eût parlé ainsi ou pour s'interroger à ce sujet. Elle chercha son poudrier dans son sac et dissimula de son mieux les traces de ses larmes sur ses joues.

Par bonheur, ils n'eurent pas le temps de revenir sur le sujet car le client suivant arrivait. Avec pas mal de peine, Janette parvint à se ressaisir, mais elle fut contente qu'après cela Robert fût absorbé par ses malades jusqu'au moment où il dut se préparer à partir pour l'hôpital.

La dernière patiente de la matinée fut la petite Megan Raymond. Quand elle fut partie avec sa mère, Robert annonça à Janette qu'il allait opérer l'enfant deux jours plus tard, le vendredi matin.

— J'aime faire ce genre d'opération de bonne heure le matin, dit-il, sur un ton tout à fait professionnel. Ne donnez pas de rendez-vous avant 10 heures ; reportez-les si vous en avez donné.

Janette avait fixé le premier rendez-vous du vendredi matin à 10 h 30, mais il était près de 11 heures quand elle vit revenir le cardiologue. « Il paraît exténué, totalement épuisé », se dit Janette. Elle avertit les clients qui attendaient de l'arrivée du médecin et elle alla lui porter du café dans son cabinet de consultation.

Elle le trouva adossé à son fauteuil, les yeux clos.

— Faites entrer monsieur Hendry maintenant,

dit-il, sans ouvrir les yeux. Il ne faut plus que je perde de temps. Je suis déjà suffisamment en retard.

— Monsieur Hendry attendra cinq minutes de plus, répondit Janette avec entrain. Prenez d'abord votre café : ensuite, je vous l'amènerai.

Il y eut un moment de silence. Le médecin ouvrit les yeux et regarda Janette : celle-ci se força, tout en rougissant un peu, à ne pas détourner la tête.

— Tyrannique ! fit le médecin.

Il prit la tasse pleine qu'elle lui tendait.

— Bon, ça va. Cinq minutes et vous le faites entrer.

Janette hésita quelques secondes.

— Robert... Cette intervention ?

Il remuait lentement sa cuiller dans son café.

— Je pense que tout ira bien pour finir, dit-il après un instant, mais cela a été plus difficile que je ne le pensais, et... la petite n'a pas grand-chose en fait de réserve. (Il sourit.) Je serai en mesure de vous répondre avec plus de certitude quand je l'aurai revue, demain matin.

Il vida sa tasse.

— Ça va mieux. Allons-y !

Ce fut, une fois de plus, une matinée surchargée. Quand le dernier patient fut parti, Janette travaillait encore à ses fiches. Lorsqu'elle eut fini, elle les porta à Robert Cameron pour les lui faire vérifier. Mais devant la porte entrouverte, elle s'arrêta.

Il dormait, la tête sur ses bras repliés. Voyant ses cheveux en désordre sur sa nuque, la jeune femme songea qu'une séance chez le coiffeur ne serait pas de trop. Elle voulut s'en aller sur la pointe des pieds, mais il releva la tête.

— Excusez-moi ! dit-il. Je me suis endormi sans même m'en apercevoir...

Il ouvrit tout à fait les yeux.

— Quelle heure est-il ?

Janette donna le renseignement demandé.

— Il faut que je me sauve, soupira-t-il. Autrement, je serai en retard à l'hôpital.

— Vous êtes fatigué, Robert ! protesta la jeune femme. Ne pouvez-vous pas attendre un peu ?

Il secoua la tête.

— J'ai une conférence à faire après la visite. Je ne peux pas faire attendre des garçons comme votre fils. Leur temps est précieux, à eux aussi... Ça va, maintenant que j'ai un peu dormi et que je suis réveillé... Mais, de toute façon, merci ! C'est bon d'avoir quelqu'un qui se soucie de vous.

Il mit son pardessus et prit sa serviette. Devant la porte, en passant devant elle, il caressa du doigt la place des larmes qu'il avait essuyées deux jours plus tôt.

— Etes-vous libre ce soir, Janette ? murmura-t-il. Nous pourrions nous promener le long de la côte, puis aller manger quelque chose.

Malgré la ferme décision qu'elle avait prise de refuser ses invitations, Janette hésita : le voir endormi, las et vulnérable, cet homme impérieux qu'elle avait cru arrogant et vaniteux, l'avait singulièrement troublée.

— Sept heures et demie, au même endroit que l'autre jour, dit Robert, comme si la chose allait de soi.

Il s'en fut sans même attendre la réponse et Janette comprit, avec une certitude qui la stupéfia, qu'elle n'avait pas eu un seul instant l'intention de refuser. Elle avait envie de le voir en dehors du travail, envie de se promener près de la mer avec lui.

« Et après tout, pourquoi pas ? » se dit-elle, brusquement révoltée. Etait-elle encore une jeune fille obligée de tenir compte des opinions ou des antipathies des membres de sa famille ? Elle avait l'âge et le droit de faire ce qu'elle voulait, de voir qui elle voulait, même si cela ne plaisait pas à David ! David ne lui était plus rien...

Un vent froid soufflait ce soir-là quand Robert et elle partirent se promener au bord de la mer, mais le clair de lune brillait sur l'eau et Janette se sentait extraordinairement stimulée par l'air vif aux senteurs d'iode et de sel. Le vent la décoiffait, mais elle n'en avait cure. Stimulante aussi était pour elle la compagnie de Robert Cameron, et peu lui importait qu'il lui eût pris la main et la gardât dans la sienne tandis qu'ils marchaient sur les rochers, les vagues se brisant à grand bruit au-dessous d'eux.

Elle avait quitté la maison avant le retour de son beau-frère et son père, discret, ne lui avait pas demandé où elle allait, et avec qui elle sortait. Helen, par contre, avait posé des questions, mais Janette avait fait semblant de ne pas entendre. Il faudrait bien qu'on s'habituât, à la maison, à lui reconnaître son indépendance.

Michael était resté à Edimbourg pour une séance de cinéma et Lucy était assise près du feu, son chien sur ses genoux, tout à fait satisfaite de son sort.

Janette s'était hâtée de partir, contente d'éviter David, et tout à fait tranquille quant à sa fille.

— Ne t'inquiète pas d'elle, lui avait dit son père. Je l'enverrai se coucher à l'heure.

Et comme sa fille embrassait l'enfant, il avait ajouté, affectueusement :

— Tu mérites bien de te distraire un peu de temps en temps, petite. Passe une bonne soirée.

Un instant, Janette avait hésité à lui dire ce qu'elle comptait faire de sa soirée, mais Helen, entrant à cette minute, lui avait jeté ce regard froid, ironique et hostile, qui lui était si désagréable, et elle s'était tue.

Et voilà maintenant que, marchant dans le clair de lune, sa main dans celle de Robert, elle se disait avec franchise que les commentaires des uns et des autres la laissaient totalement indifférente. Son père, sa sœur et son beau-frère pouvaient bien penser ce qu'ils voulaient : pour elle, elle avait souhaité passer cette soirée avec Robert Cameron et elle était enchantée de le faire.

Robert s'était mis à parler, mais le vent emportait ses paroles. Janette secoua la tête en riant, faisant signe qu'elle n'entendait rien. Il se pencha sur son oreille. Elle sentit contre sa tempe la chaleur de son souffle.

— Je disais : revenons sur nos pas ! cria-t-il. Nous avons marché longtemps !

Ils firent demi-tour, mais le médecin garda dans la sienne la main de la jeune femme. Ils avaient maintenant le vent dans le dos et cela rendait leur marche plus facile. En contrebas, l'écume montait, toute blanche au clair de lune, quand les vagues se brisaient sur les rochers noirs et luisants.

Janette, tout à coup, s'aperçut que de se trouver là, près de la mer, avec Robert Cameron, marchant la main dans la main, était quelque chose de si parfait, quelque chose qui la comblait d'un si tranquille bonheur qu'elle fut saisie par la profondeur de cette sensation.

Le vent était encore trop fort pour permettre la conversation, et ils retournèrent jusqu'à l'endroit où ils avaient laissé sa voiture. Ils y arrivèrent, ayant gardé le silence tout le temps, mais ce n'était pas un silence gênant, tendu. C'était une sorte d'amical échange dans un moment délicieux. Robert ouvrit la portière et ils montèrent dans la voiture. Janette sourit à son compagnon : elle était échevelée et hors d'haleine, mais tout à fait à l'aise.

Elle chercha un peigne dans son sac pour essayer de se recoiffer : Robert tourna vers elle le miroir rétroviseur, mais les cheveux de la jeune femme étaient trop emmêlés, et, après quelques vains efforts pour les maîtriser, elle renonça. Le médecin remit le rétroviseur en place et éteignit la lumière inté-

rieure de l'auto, mais il n'actionna pas le démar-
reur.

Dans l'ombre, il se rapprocha de Janette et appuya sa joue contre la sienne.

— Vous avez la joue toute froide, murmura-t-il.

— Vous aussi...

La voix de Janette tremblait un peu.

« Je devrais m'écarter de lui, se disait-elle. Je
devrais m'asseoir, toute droite, l'air digne, je devrais
dire qu'il est temps pour moi de rentrer à la maison, en prenant un ton léger et distant... »

Mais elle ne faisait rien de tout cela : elle restait où elle était, le bras de Robert Cameron autour
d'elle, et sa bouche tout près de ses lèvres.

Et pour finir, il l'embrassa. Doucement d'abord,
puis moins doucement, et quand il se redressa un
instant, elle était si haletante, si bouleversée qu'elle
ne savait plus où elle en était.

— Il y a longtemps que j'avais envie de faire
cela, dit-il.

Il la tenait toujours contre lui, la tête aban-
donnée sur son épaule.

— Il n'y a pas si longtemps que vous me
connaissez..., dit Janette d'un ton rêveur.

Elle était bien...

Il la secoua presque brutalement, puis il l'embrassa de nouveau.

— Bien assez longtemps pour vouloir vous
embrasser !

Ils restèrent ainsi longtemps, dans la pénombre
tiède de la voiture, serrés l'un contre l'autre, immo-

biles, heureux d'être comme cela, ne cherchant pas autre chose. A un moment, Janette remua légèrement, puis Robert resserra son bras autour de ses épaules.

— Je ne pensais pas que cela se passerait de cette façon ! dit-il après un long et paisible silence.

— Qu'est-ce que vous entendez par « cela » ?

Janette voulait en entendre davantage. Elle voulait l'entendre expliquer clairement ce qu'il pensait.

— Nous... vous...

Janette ne voyait pas son visage mais elle devina qu'il souriait.

— Janette, quel âge avez-vous ?

— Trente-neuf ans, répondit-elle avec franchise et sans hésitation.

— Moi, j'en ai quarante-deux. Cela vous déplaît-il ?

— Pourquoi cela me déplairait-il ?

Tout à coup, sans avertissement, elle se rappela Steve, se souvint de leurs années de vie commune, de leur intimité. Elle se remémora sa solitude, son chagrin lancinant après son veuvage, et subitement, il lui sembla déloyal comme une infidélité d'avoir accepté les baisers de Robert, d'y avoir répondu avec tant d'ardeur.

Il dut sentir son mouvement de recul, son angoisse. Doucement, sans rien dire, il la libéra. Ses doigts, très légèrement, caressèrent sa joue, sans insister.

— Il est tard, dit-il à mi-voix. Avez-vous très faim, ma petite Janette ?

— Non, pas tellement.

Elle essayait de parler sur le même ton naturel et amical.

Robert mit le moteur en marche.

— Que diriez-vous d'une tasse de café et d'un toast au fromage ? Cela vous convient-il ?

— Tout à fait.

En conduisant la voiture sur les quelques miles qui séparaient la côte de la petite ville, il bavarda agréablement, gaiement, spirituellement, et Janette retrouva progressivement son équilibre. Il arrêta bientôt la voiture en face du restaurant où il l'avait déjà emmenée. Avant de mettre pied à terre, la jeune femme se tourna vers lui.

— Merci, Robert, dit-elle à mi-voix.

La main de l'homme chercha la sienne, la trouva et la garda serrée un moment, mais il ne dit rien. Il ouvrit enfin la portière, l'aida à descendre. Il lui prit le bras et l'entraîna dans le restaurant.

Ils prirent place à la même table couverte d'une nappe de cotonnade à carreaux rouges, éclairée par une bougie. Et là, il l'interrogea sur Quincomba Creek, sur l'existence qu'elle y avait menée. Avec un peu d'embarras d'abord, puis plus facilement, Janette lui répondit, parla de la petite ville poussiéreuse, de ses voisins, des amis qu'elle y avait laissés, de l'hôpital. Ils parlèrent des enfants, et enfin, inévitablement, de Steve.

Et soudain, le cœur gonflé de reconnaissance, Janette comprit l'objectif de son compagnon. Il voulait que Steve et l'amour qu'elle lui avait porté fissent partie du présent, que son souvenir demeurât dans sa vie actuelle, sa vie d'aujourd'hui, et non qu'elle s'efforçât de répudier le passé, de faire comme s'il n'avait jamais existé.

— Fini ? demanda-t-il comme elle posait sa tasse vide sur la table. Je ne veux pas vous bousculer, Janette.

Elle comprit que ce qu'il disait là avait un sens plus profond : il ne s'agissait pas seulement de boire du café et de prendre le chemin du retour.

— Voulez-vous une autre tasse ? proposa-t-il. Il n'est pas très tard. Nous avons tout le temps.

« Nous avons tout le temps ! » songea la jeune femme, émue, touchée par sa délicatesse. Elle n'avait pas besoin de s'affoler, d'avoir des remords, d'hésiter. Elle avait le temps...

Elle sourit avec reconnaissance à l'homme capable de comprendre tant de choses.

Sans trop savoir pourquoi, elle jeta par hasard un regard sur la porte du restaurant, et elle tressaillit : David Bennett se trouvait là. Il la regarda..., regarda son compagnon..., puis il tourna les talons et s'en alla.

Robert Cameron ne l'avait pas vu et elle n'en parla pas. Après tout, cela ne regardait en rien David qu'elle sortît avec l'un ou avec l'autre ! Elle n'avait aucune autorisation à lui demander et qu'il l'approuvât ou non lui importait peu.

Malgré cela, elle fut contente de ne l'apercevoir nulle part quand ils ressortirent de l'établissement, quelques minutes plus tard. Comme un peu plus tôt, Robert prit le bras de la jeune femme pour lui faire traverser la rue et la conduire à sa voiture. Elle lui tendit les clés et il ouvrit la portière, mais avant qu'il ne montât, il l'attira et la garda un instant contre lui.

Il l'embrassa impérieusement.

Et voilà que sortir du cercle magique de ses bras était la dernière chose au monde que Janette eût envie de faire. Elle le devait, pourtant... Après quelques instants, avec regret, elle se dégagea et monta dans la voiture.

Dix minutes plus tard, elle entrait au garage. Sans plaisir, elle vit que les fenêtres du salon étaient éclairées. Elle comprit que cette inoubliable soirée allait s'achever par une conversation désagréable avec son ex-fiancé.

CHAPITRE IX

David parut dès que Janette entra dans le vestibule.

— Peux-tu m'accorder quelques minutes ? demanda-t-il. J'ai quelque chose à te dire.

— Cela ne peut-il attendre à demain ?

Il secoua la tête.

— Je ne le crois pas. Je t'en prie, Janette.

La jeune femme hésita. Elle aurait préféré demeurer seule avec le souvenir des heures écoulées... Mais l'idée d'une possible contestation dans la maison endormie la décida : mieux valait, après tout, en finir tout de suite.

Elle suivit David dans le salon. Il referma la porte.

Soudain, elle s'aperçut qu'il était bouleversé. Ses yeux recelaient, dans son visage blême, une souffrance profonde.

— David, dit-elle impulsivement, je ne sais pas ce que tu veux me dire, mais... Ecoute : je sais que pour une raison que j'ignore, tu n'aimes pas Robert, je sais que tu n'as pas été content que je travaille pour lui..., je sais que cela t'irrite que je... que je sorte avec lui...

Devinant ce que suspectait peut-être son beau-frère, elle rougit jusqu'aux cheveux.

— Mais je suis libre de vivre comme je l'entends, reprit-elle. Et si je souhaite, moi, continuer à voir Robert Cameron, ce n'est pas toi qui m'en empêcheras.

David la regarda longuement, et sous ce regard appuyé, Janette rougit davantage encore. Il se détourna enfin et parla sans relever la tête.

— Ce que je veux te dire, Janette, je crois que tu aurais dû le savoir depuis longtemps, depuis le jour-même de ton arrivée.

Sa voix blanche, ses traits tendus firent mal à la jeune femme. Ils lui firent peur aussi : quel était donc cette chose si grave qu'on avait tenue cachée ?

Elle demeura silencieuse, les mains croisées sur les genoux, attendant la suite de la confidence.

Le front penché, David poursuivit :

— Le jour de l'accident, quand je suis rentré, j'ai trouvé une lettre de Helen. Dans cette lettre, elle me disait qu'elle me quittait. Je n'étais pas encore revenu du choc que... que le téléphone sonnait : on m'annonçait que Helen avait été accidentée... et qu'elle était, mourante, à l'hôpital.

Janette sentit tout son corps se glacer.

— C'était... la police qui t'annonçait cela ? demanda-t-elle d'une voix tremblante.

David secoua la tête.

— Non. C'était l'homme avec lequel elle se trouvait. Il n'avait aucun mal. Helen avait été éjectée de la voiture.

Janette regarda son beau-frère. Elle avait peine à enregistrer cette série de catastrophes.

— Mon pauvre ami ! dit-elle, prise de pitié. Quelle chose atroce pour vous...

Mais David semblait à peine l'entendre. Il releva les yeux et la regarda en face. Son visage crispé était sans expression.

— Janette, dit-il simplement, l'homme qui a téléphoné, l'homme qui était avec Helen... C'était Robert Cameron.

Janette ne devait jamais se rappeler ce qu'elle dit alors, à ce moment où elle apprenait par David l'incroyable, l'abominable vérité. Sa sœur avait voulu quitter son mari... et le quitter pour Robert Cameron. C'était avec Robert Cameron qu'elle avait fui son foyer, pour lui qu'elle avait abandonné son époux et sa fille. Pour lui... Robert Cameron...

Il lui sembla que beaucoup de temps s'était écoulé quand elle se retrouva, frissonnante, dans un fauteuil, devant la cheminée. Pourtant, un bon feu flambait... Mais elle avait froid, très froid...

— Bois ça ! dit David.

Elle prit le verre qu'il lui donnait et y trempa les lèvres. Elle but docilement, parce que c'était la chose la plus facile à faire. La brûlure du cognac dans sa gorge dissipa la brume qui l'enveloppait. Elle reprit pied brusquement dans la vie réelle.

— Il vaudrait mieux que tu m'en dises un peu plus, dit-elle.

Elle fut étonnée du calme de sa voix. Par prudence, elle reposa son verre sur la table.

— Janette..., je te demande pardon... Je ne pensais pas que... tu serais... bouleversée à ce point.

Il avait l'air consterné. Janette comprit que son émotion l'avait trahie.

« Oui, se dit-elle, oui, David, il est bouleversant de découvrir qu'un homme dont on est tout près de s'éprendre a failli s'enfuir avec une femme mariée, cette femme mariée étant votre propre sœur... »

Elle se sentait, malgré son calme apparent, au bord de la crise de nerfs. « S'il n'y avait pas eu ce maudit accident, songeait-elle, si je n'avais pas retrouvé, à mon retour, ma sœur handicapée, je n'aurais jamais fait la connaissance de Robert Cameron... » Elle pouvait bien être bouleversée, oui !

— Janette !

Soudain, David parlait sur un ton d'autorité, et la jeune femme se domina. Lentement, elle sentit sa tension nerveuse s'atténuer.

— Je t'écoute, dit-elle simplement.

— Il n'y a pas grand-chose à dire, soupira David avec lassitude. Helen et moi... Vois-tu, elle n'était pas heureuse. Il ne faut pas jeter toute la faute sur Cameron. Je n'ai pas pu, ou pas su, donner à ma femme la vie qu'elle souhaitait : tu la connais... Elle aimait le monde, les réceptions, les jolies robes. Elle aimait à voir beaucoup de gens, elle aimait la lumière des fêtes. Je croyais que nous étions parvenus à une sorte d'entente, à un compromis, chacun s'efforçant de conformer ses goûts à ceux de l'autre... Evidemment, je me trompais. Nous n'étions pas faits pour vivre ensemble. Helen n'était pas faite pour épouser un modeste médecin. Cameron... a mieux réussi que moi.

Il s'arrêta et demeura silencieux si longtemps, fixant sur les flammes un regard qui ne voyait rien, sinon les amers souvenirs, que Janette fut obligée de le ramener sur terre.

— Parle-moi de... de Robert, dit-elle.

Elle n'aurait pas cru qu'il fût aussi difficile de prononcer ce prénom.

David leva la tête.

— Je ne sais pas quand l'affaire a commencé, dit-il.

Il fronçait un peu les sourcils et Janette, pleine de compassion, devina qu'il avait réfléchi cent fois à la question, se demandant comment, pourquoi, ne comprenant pas une chose qui paraissait tellement illogique, déraisonnable. A la rigueur, elle pouvait cadrer avec la nature impulsive et égoïste de Helen que le désespoir des autres laissait assez calme, elle l'avait prouvé, mais Robert, cet homme compréhensif, compatissant au malheur de ses patients, cet homme aux sentiments délicats... Cela paraissait proprement incroyable !

— Lui... Cameron et moi, nous étions bons amis depuis son arrivée à l'hôpital, il venait souvent à la maison...

David jeta sur Janette un regard malheureux : elle lut le chagrin et la lassitude dans ses yeux gris et sa gorge se contracta. Pauvre David ! Il était dépassé par les événements, il ne parvenait pas à comprendre la raison de son infortune. Janette, pour sa part, ne trouvait à l'expliquer que par la nature profonde de sa sœur. Mais elle se refusait à le dire au pauvre homme qui en était, lui aussi, la victime.

— Janette, dit-il, je n'ai rien vu, je ne me suis douté de rien. J'ai bien remarqué que Helen était agitée, nerveuse plus que de coutume, qu'elle était à cran... Et puis, un soir, en rentrant de l'hôpital, j'ai trouvé la lettre.

Il se tut, regardant le feu comme s'il espérait trouver là une explication à son épreuve. Janette n'aurait pas voulu lui réclamer des détails sur la lettre, mais elle y était obligée. Elle avait besoin de tout savoir. Elle attendit un peu, puis, avec douceur, elle interrogea :

— Que disait au juste Helen, dans cette lettre ?

— La lettre était très courte.

Le souvenir des phrases cruelles creusait d'angoisse les traits du mari bafoué.

— Elle disait seulement que... que notre mariage était un échec, que mieux valait regarder la vérité en face. Elle était tombée amoureuse d'un autre homme..., elle partait avec lui. Elle... elle prendrait contact avec moi plus tard pour... pour le divorce. Le divorce... Je suis resté là comme si j'avais reçu un coup sur la tête... Je n'arrivais même pas à comprendre ce que signifiaient ces mots affreux...

Il s'interrompit, comme s'il était revenu à ce moment de totale incompréhension. Il reprit enfin, très bas :

— J'en étais là quand le téléphone a sonné. Je ne sais pourquoi, j'ai espéré... J'ai pensé que peut-être Helen s'était reprise, qu'elle m'annonçait son retour... C'était Cameron ! Il m'annonçait l'accident...

— Que s'était-il passé ? demanda Janette.

Toute l'histoire lui paraissait fantastique. Cet homme qui enlevait la femme d'un ami, puis téléphonait lui-même pour annoncer que cette femme était gravement blessée alors que lui était indemne, cela passait l'entendement. Comment n'avait-il pas préféré faire téléphoner par quelqu'un ?

— Robert n'avait rien ? insista la jeune femme. Rien du tout ?

David secoua la tête.

— Il n'était pas responsable de l'accident, dit-il. Il me l'a dit et Helen me l'a confirmé plus tard, quand elle a repris connaissance. Elle lui a pris le bras..., la voiture a fait une embardée, et précisément à cet endroit la route était mouillée. Cameron n'a pas pu redresser : ils sont allés dans un arbre. Sous le choc, la portière s'est ouverte du côté de Helen et elle a été éjectée. Je ne sais par quel miracle, Cameron n'a rien eu. Pas une égratignure ! Il est allé à pied jusqu'à la première maison et de là il a demandé une ambulance. Et il m'a téléphoné.

— Tu dis que Helen lui avait pris le bras ?

— Elle avait cette malheureuse habitude. Si elle avait peur de quelque chose, si elle était irritée, si elle s'impatientait, elle vous prenait le bras. Moi, je m'y attendais toujours. Cameron, lui...

— C'est incroyable ! murmura Janette.

— Si la portière ne s'était pas ouverte, je pense que Helen n'aurait rien eu non plus : le choc n'avait pas été tellement violent... J'ai su, plus tard, par le garagiste, que la voiture n'avait guère eu de mal. Je pense que Cameron n'allait pas vite. Mais Helen...

David se leva, et la jeune femme fut effrayée soudain par la lividité de son visage et la fatigue que trahissaient ses traits tirés.

— Excuse-moi, dit-il. Ce n'est pas facile de parler de ça, même maintenant.

Longuement, il regarda sa belle-sœur. Il y avait tant de douloureuse compassion dans ses yeux, tant d'affectueuse bonté qu'elle en fut bouleversée.

— Nous aurions dû tout te dire tout de suite, mais ni ton père ni moi n'avions prévu que tu rencontrerais Cameron... Et nous n'aurions pas imaginé qu'il t'engagerait...

Il hésita avant d'achever :

— Je ne peux pas te dire combien je suis navré, Janette. Si j'avais su...

Mais à présent, Janette, elle aussi, était à bout de force.

— C'est sans importance, dit-elle, et de toute façon, ce n'est pas ta faute. Et maintenant..., je préférerais ne plus en parler, David. Plus jamais.

« Non, plus jamais ! » se répéta-t-elle tristement, allongée dans son lit, incapable de dormir.

L'impression d'avoir perdu quelque chose d'infiniment précieux lui faisait mal. Elle souffrait de
tout son être. Et malgré ses efforts désespérés, deux
noms tournaient inlassablement dans sa tête :
Robert, Helen...

Heureusement, c'était la fin de la semaine. Heureusement deux jours passeraient avant qu'elle ne
revît Robert. Son premier mouvement avait été de
lui écrire un mot, pour lui dire qu'elle devait
l'abandonner pour une raison personnelle et qu'elle
ne pouvait plus travailler avec lui. Ainsi n'aurait-
elle même pas à le revoir. Mais elle comprit très
vite qu'elle ne pouvait pas faire cela. La conscience
professionnelle était trop fortement ancrée en elle :
les malades, toujours, doivent passer avant tout.
Les malades, les clients avaient besoin de quelqu'un pour leur donner rendez-vous, pour les intro-
duire ; quelqu'un pour recueillir les instructions du
médecin.

Mais elle était contente d'avoir ces deux jours
de répit. Ils lui donneraient le temps de surmonter
le choc, de se préparer à l'épreuve de la prochaine
rencontre.

Janette devina que David avait parlé à son père,
car elle surprit à plusieurs reprises, fixé sur elle, le
regard attristé du vieux médecin. Sans doute celui-

ci avait-il attendu le moment favorable pour la
mettre au courant des faits..., et maintenant encore
il guettait l'occasion d'en discuter avec elle. Mais
elle n'avait aucune envie de revenir sur le sujet,
pas plus avec lui qu'avec un autre. Elle ne souhaitait même pas prononcer encore le nom de
Robert Cameron.

Sans doute son père le comprit-il.

Ce soir-là, quand Helen fut couchée, David
étant retourné à l'hôpital, se retrouvant seul dans le
salon avec sa fille aînée, il aborda la question
pénible :

— Janette, ma petite fille...

Il parla avec douceur et son visage reflétait son
inquiétude et sa consternation.

— Je ne voudrais pas te faire davantage de
peine..., mais si j'avais su qu'une chose comme
celle-là se produirait...

Il la regarda. Le regret, le remords peut-être
assombrissait ses yeux.

— Tu peux te rendre compte toi-même de la
situation impossible qui s'établirait si... si toi et
Robert Cameron...

Janette l'interrompit d'un geste. Elle n'avait ni
la force ni le courage d'écouter ce qu'il voulait lui
dire. Elle savait trop bien de quoi il s'agissait. Et
elle refusait d'entendre exprimer les rêves imprécis,
le vague espoir qui n'avaient pas eu le temps de se
cristalliser.

— Non, père, dit-elle avec fermeté.

Au prix d'un violent effort, elle réussit à sourire.

— Toi et David, vous dramatisez beaucoup trop la situation, reprit-elle. Il n'y a rien entre Robert Cameron et moi, rien qu'une amitié toute simple. C'est un homme intelligent et sympathique, et hier soir nous avons seulement fait une promenade à pied le long de la côte, sans même pouvoir parler à cause du vent. Ensuite, il m'a emmenée manger un sandwich et boire un café. C'est tout !

En prononçant ces mots sur un ton léger, elle eut l'impression de trahir Robert, se souvenant de ses lèvres sur sa bouche, se rappelant ses mains sur ses épaules, son bras autour d'elle, ces moments d'exquise sérénité, de joie paisible et silencieuse...

Pour la première fois depuis les révélations de David, la colère commença à monter en elle, lentement, une colère indignée contre Robert Cameron qui n'avait pas eu la franchise, la simplicité de lui dire ce qui s'était passé entre sa sœur et lui.

Elle releva la tête.

— Maintenant que je sais ce qu'il en est, cela change tout, naturellement, dit-elle d'une voix unie. Il est... regrettable que je n'aie pas été informée plus tôt, mais... Robert Cameron est aussi fautif que vous : il aurait dû tout me dire avant de m'engager.

La jeune femme se leva.

— Père, oublions cela. Ce... ce n'est pas important.

Elle se dirigea vers la porte, mais avant de sortir de la pièce, elle se tourna de nouveau vers le vieux médecin.

— Il y a une chose que je ne comprends pas, dit-elle.

Elle y songeait tout à coup.

— Comment est-il encore à l'hôpital après cette histoire ? Comment n'a-t-il pas quitté la région ? Pour ma part, j'aurais cru qu'un scandale pareil mettrait tout le monde contre lui !

— Il n'y a pas eu de scandale, répondit le Dr Martin. David et moi, nous avons d'abord pensé à Helen. Et à Gaelle. Robert Cameron a été d'accord pour la version officielle : Helen était tombée en panne avec sa voiture ; il est passé là par hasard et lui a offert de la ramener.

Le vieux médecin soupira et secoua la tête avec tristesse et lassitude.

— Nous avons récupéré tout de suite la valise de ta sœur, personne n'a su la vérité. En ce qui concerne l'accident lui-même, Helen a repris connaissance assez vite et elle nous a dit et répété que Robert n'en était pas responsable, qu'elle l'avait tiré par le bras, lui faisant donner un coup de volant. Je... je ne sais pas ce que les gens d'ici ont pensé de tout cela, mais il semble vraiment que l'histoire, ainsi racontée, ait été crue.

Comme il avait l'air vieux et fatigué, à évoquer cette tragique histoire ! Impulsivement, Janette revint sur ses pas, s'approcha de lui et l'embrassa affectueusement.

Pourtant, quelque chose, encore, la tracassait.

— Père, pardonne-moi : encore un mot, Helen ? Qu'a-t-elle dit de toute cette malheureuse affaire ?

De cette manière d'abandonner son mari et sa fille en laissant seulement un petit mot froid derrière elle ?

Le père soupira de nouveau et secoua la tête.

— Elle a purement et simplement refusé d'en parler ! Elle a dit qu'elle avait perdu la tête à cause d'un bel homme, qu'elle avait eu tort, et qu'elle ne désirait qu'une chose : n'y plus penser. Et dans l'état où elle était, la pauvre petite, c'était bien ce qui valait le mieux, en effet.

— Elle n'a jamais reparlé de... Robert Cameron ? Elle n'a pas demandé à le voir ?

— Jamais.

Tout était dit...

— Ne te fais pas de souci, père, dit Janette d'une voix qui tremblait un peu. Tout cela est passé et maintenant je sais ce qu'il en est. Je prendrai les dispositions nécessaires et... il n'y aura plus de problème.

CHAPITRE X

Janette fut à son travail le lundi de bonne heure. Elle luttait contre l'appréhension. L'idée de revoir Robert, de travailler auprès de lui la terrifiait. Comment réussirait-elle à quitter très vite cet emploi qui l'avait tant intéressée ? Comment s'arracherait-elle à... tant de choses ?

Malgré les émotions qui se heurtaient en elle, elle procéda aux préparatifs de la matinée avec la sereine efficacité qui la caractérisait. Elle sortit les fiches des clients qui devaient venir ce matin-là, fit bouillir l'eau, prépara le café exactement comme Robert l'aimait.

A 9 heures juste, le téléphone sonna et elle parlait encore quand le cardiologue entra. Le premier patient n'était pas arrivé. Le médecin traversa prestement le bureau, prit le combiné des mains de la jeune femme. Il embrassa Janette sur les lèvres, puis il lui rendit le combiné. Ses yeux noirs pleins de tendresse et de gaieté, il la laissa terminer l'entretien. Il se rendit dans son cabinet, mais quand elle se tut, il revint à elle.

— Je viens de l'hôpital ! s'écria-t-il, sans laisser à Janette le temps de placer un mot. Elle va s'en tirer, la petite Megan Raymond ! Je m'inquiétais... Avant-hier et hier, son état était préoccupant... Mais ce matin tout est changé. Elle se remettra même probablement plus vite qu'on n'aurait pu l'espérer.

— Je... je suis très contente de savoir cela, dit Janette.

Même à ses propres oreilles, sa voix était bizarre.

Robert, étonné, la regarda d'un air interrogateur, mais à cet instant le premier client parut.

Une fois de plus, ce fut une matinée bien remplie et la jeune femme en fut contente : impossible pour elle de faire autre chose qu'apporter chaque fiche en introduisant le malade concerné, d'assister à la consultation en prenant des notes, puis de s'efforcer de les mettre au net en attendant que sorte ce patient-là. Et passer au suivant.

De temps à autre, elle voyait que Robert lui jetait un regard intrigué, mais elle évitait soigneusement de lui laisser voir ses yeux et elle se bornait à faire son travail avec application et rapidité.

Mais lorsqu'il n'y eut plus de clients ni dans le salon d'attente ni dans le cabinet de consultation, le médecin vint dans le bureau de Janette, s'approcha d'elle et lui saisit les mains. Prise par surprise, la jeune femme ne put rien dire.

— Ecoutez-moi ma chérie, dit-il d'une voix dont la chaleureuse tendresse serra la gorge de Janette. Je sais que vous vous inquiétez de toutes sortes de principes d'éthique professionnelle et tout ce genre de chose, mais je vous promets qu'aux heures de travail je serai aussi convenable et aussi correct qu'il le faut. Aux heures de travail...

Il sourit à Janette.

— Par contre, en dehors de ces heures-là, ce sera tout à fait différent.

Janette ne parvenait pas à détourner son regard de ces yeux sombres et caressants qui la tenaient sous une sorte de charme.

— Assez, Robert ! supplia-t-elle désespérément.

Elle lui arracha ses mains et resta devant lui, tremblante, toute pâle, pour dire d'un ton saccadé :

— Je suis obligée de m'en aller d'ici le plus tôt possible.

Enfin, elle avait réussi à baisser la tête !

Il ne comprenait pas du tout.

— C'est tout à fait inutile, ma chérie !

Il y avait toujours autant de chaleur dans sa voix.

— De toute façon, ce ne sera pas pour long-temps. Dès que cela se pourra, je veux que nous...

— Robert...

La voix étranglée l'arrêta. Elle avait relevé la tête et ses yeux imploraient. Il y eut un moment de silence, puis elle lut une lueur de compréhension sur le visage qui la dominait.

— Qui vous a parlé ? demanda-t-il brusquement. Qui avez-vous interrogé ? Helen ?

Janette secoua la tête.

— Non. David m'a parlé. Mon père aussi.

Sa voix trembla.

— Robert, pourquoi ne m'avez-vous rien dit ?

— Pourquoi ne vous ai-je pas dit... quoi ?

Le ton, tout à coup, était froid et hostile.

— Au sujet... de Helen ?

Robert leva les sourcils.

— Au sujet de Helen ?

Janette se détourna.

— Vous le savez très bien, dit-elle tristement. Ne vous jouez pas de moi davantage, Robert.

Presque brutalement, il lui saisit les épaules : ses doigts avaient la dureté de l'acier. Il la força à se retourner pour lui faire face. Effrayée, elle lut dans ses yeux une colère furieuse, d'autant plus inquiétante qu'elle semblait glacée.

— Simplement à titre d'information, Janette : je ne me suis jamais joué de vous.

Ses mains lâchèrent les épaules de la jeune femme et retombèrent. Il la regarda fixement pendant un long moment.

— Pourquoi ne m'avez-vous rien dit ? demanda Janette d'une voix frémissante.

Robert Cameron alluma une cigarette avant de répondre.

— Je vous ai dit un jour qu'il était dangereux de juger les gens sans les connaître, déclara-t-il enfin d'une voix singulièrement calme et distante,

mais il est encore plus dangereux, et plus malfai-
sant, de condamner les gens qui vous sont connus
sans même leur permettre de s'expliquer.

Malgré elle, Janette leva les yeux vers Robert.

— Y a-t-il quelque chose à expliquer ? demanda-t-elle.

— Qu'en pensez-vous ? répliqua-t-il. Croyez-
vous, personnellement, à une éventuelle explication ?

Il parlait froidement. Avec une ombre d'ironie,
peut-être ?

Janette sentit s'évanouir l'espoir qui un instant
s'était levé dans son cœur.

— Non, reconnut-elle avec découragement.
Mais...

— Mais quoi ?

Les yeux noirs l'observaient avec une attention
passionnée.

Janette, de nouveau, baissait le front. Elle hésita,
puis secoua tristement la tête.

— Mais vous auriez pu m'avertir, dit-elle très
bas.

Il se mit à rire. Un rire qu'elle n'avait jamais
entendu venant de lui, un rire sans chaleur et sans
gaieté.

— Bien sûr ! dit-il. C'est le genre d'argument
qu'on jette à la tête des gens quand... on les
condamne sans les entendre. Et je peux vous dire
exactement ce que vous pensez : j'enlevais votre
sœur, je l'aidais à quitter son foyer, son mari et
son enfant, quand nous avons eu un accident. J'en
suis sorti sain et sauf ; elle est dans une petite voi-

ture pour le reste se ses jours. Somme toute, c'est
par ma faute qu'elle subit et subira une existence
aussi cruelle !

Janette sentit tout ce qu'il lui restait de couleur
s'effacer de son visage. Elle protesta :

— Vous savez très bien que je ne pense pas
cela. Je... je connais ma sœur. Mais... vous auriez
pu me parler de... de cette chose, avant... avant de...

— Avant quoi, Janette ? Osez donc me le
dire !

« Avant de m'embrasser », pensait-elle, désorientée par le chagrin. A présent, elle était amoureuse de lui. Il fallait bien en venir à reconnaître
cela. Mais elle ne le dit pas. Elle ne pouvait pas
dire une chose pareille. Elle savait trop bien ce qui
se passerait si elle la disait... Elle savait aussi que,
en dépit des apparences, elle était faible, sans défense en face de cet homme qui lui broyait le cœur.

Après un moment de silence, Robert éteignit
rageusement sa cigarette.

— C'est bon, dit-il d'une voix dure et furieuse.
D'accord, j'aurais pu vous raconter cette aventure.
Je ne l'ai pas fait volontairement, d'une part parce
que ce secret ne m'appartenait pas, d'autre part
parce que j'avais de vous une opinion erronée, je
m'en rends compte aujourd'hui : je m'imaginais que
si vous entendiez dire cela, ou quelque chose d'ap-
prochant, vous me feriez confiance. Je croyais sincèrement, fermement, que vous viendriez me trouver, que vous me demanderiez si j'avais quelque
argument à plaider pour ma défense. Je me trom-

pais. Ce que vous a dit David Bennett a évidemment plus de poids, quelques paroles de sa bouche valent plus que... ce qui s'est passé entre nous, Janette.

Avant qu'elle eût le temps de se douter de ses intentions, il la prit sous les bras et la mit debout devant lui. Effrayée, tremblante, elle se demanda à quelle violence il allait se livrer : il semblait ne plus se posséder.

— Voilà un souvenir à garder dans un coin de votre mémoire, dit-il, quand vous vous trouverez, de nouveau, dans la situation de juger sans recours.

Il l'embrassa. Sa bouche fut dure sur ses lèvres pour un baiser sans chaleur, sans tendresse, un baiser presque cruel. Puis, d'un geste si abrupt qu'elle faillit perdre l'équilibre et tomber en arrière, il la lâcha et sortit à grands pas du bureau.

Janette se laissa retomber sur sa chaise, trop secouée pour prendre aucune initiative, les lèvres meurtries, la tête bruissante, le cœur pesant. Elle était au-delà des larmes, au-delà de toute pensée, de tout raisonnement. Elle n'éprouvait qu'une lourde inertie, un vide intérieur insondable, comme si elle avait été anesthésiée.

Quand le téléphone sonna, elle le regarda stupidement pendant de longs instants avant de se décider à décrocher. Forçant sa voix au calme, elle répondit :

« — Ici le cabinet du docteur Cameron... »

« — Janette ? »

C'était Robert Cameron.

« — Je vous appelle de l'hôpital, dit-il d'un ton brusque. Je comprends que vous souhaitiez me quitter le plus tôt possible, mais pourrais-je vous demander de rester jusqu'à ce que j'aie trouvé une remplaçante ? Et je suis obligé de préciser qu'il n'est pas facile, me dit-on ici, de découvrir une infirmière disposée à travailler à mi-temps. »

Il raccrocha sans même attendre la réponse.

Une saine colère tira Janette de l'espèce de léthargie où elle s'enlisait. Comment osait-il la traiter de cette manière ?

Comme si elle avait songé un seul instant à le laisser en plan sans personne pour recevoir ses patients ! Pour qui la prenait-il ?

Il pouvait parler, en vérité, de ceux qui jugeaient et condamnaient sans appel les gens ! Où avait-il pris qu'elle fût dépourvue de conscience professionnelle ?

La colère soutint Janette pendant les jours qui suivirent. Dans la journée, elle avait des couleurs aux joues et une flamme dans les yeux, le menton haut et la voix ferme. Mais quand venait le soir, pendant de longues heures d'insomnie, c'était le chagrin qui dominait. Malgré ses efforts, elle se remémorait cette affreuse conversation avec Robert : elle se souvenait clairement de tous les mots qu'il avait prononcés, elle essayait de leur imaginer un sens caché... Mais il n'y avait pas d'hésitation : elle l'avait déçu, et il n'avait pas contredit le récit fait par son père et par David.

Pourtant...

En fait, elle n'y comprenait rien. Il n'y avait aucune logique dans cette malheureuse histoire. D'abord, Helen et Robert étaient de nature si opposée qu'il était pratiquement impossible de les voir sous un autre jour que celui de vagues relations mondaines. Helen était belle, certes, mais elle n'avait rien d'autre qui pût séduire un homme tel que Robert Cameron, un homme passionné par son métier, dévoué à ses malades bien plus encore que David. Il avait mieux réussi que David et il gagnait, sans nul doute, très largement sa vie, mais il aimait à discuter de sujets qui ennuyaient Helen. Et puis... Robert n'était pas homme à se prêter à une telle fuite romanesque ni médecin à abandonner l'hôpital, ses malades.

Décidément, cette histoire...

Toute l'affaire était une énigme, un casse-tête épuisant et douloureux, et, après l'avoir tournée inlassablement dans son esprit, Janette finissait par sangloter silencieusement sur son oreiller.

Elle essaya de se forcer à songer à autre chose pour chasser Robert Cameron de ses pensées. Réfléchir, par exemple, aux chamailles incessantes de Michael et de Gaelle. Elle les étonna tous les deux,

à deux ou trois reprises, en se fâchant tout rouge
et en leur disant qu'ils se comportaient comme des
enfants et non comme des étudiants responsables.

Dans les yeux de son fils, elle lut la surprise et
la peine : Michael s'estimait abandonné par sa
mère en laquelle il avait l'habitude de voir une
alliée. Par contre, elle surprit le regard triomphant
et cruel de sa nièce : Gaelle était sûrement enchantée d'avoir dressé, même pendant un instant, la
mère et le fils l'un contre l'autre. Elle résolut de ne
plus laisser voir sa mauvaise humeur : après tout,
ils étaient d'âge à résoudre eux-mêmes leurs
conflits. A la troisième mésaventure de ce genre,
elle décida de ne plus s'occuper des jeunes gens, et
elle tint parole.

Elle n'avait rien dit à sa sœur des confidences de
David. Elle estimait la chose inutile : Helen savait
seulement que sa sœur travaillait pour Robert.
Janette se souvenait de la réaction de sa cadette
lorsqu'elle avait appris la chose. Elle se rappelait
aussi que Helen et Robert lui avaient posé la même
question : que savait-elle de l'accident ?

« C'est en me demandant cela qu'il aurait dû
tout me confier ! » pensa-t-elle, avec un renouveau
de rancune.

Que Helen n'eût rien dit, par contre, lui semblait très compréhensible. Une femme répugne à
avouer qu'elle a eu le vilain rôle dans un épisode de
sa vie aussi lourd de conséquences. Il était peut-
être plus étrange qu'elle ne parlât jamais de Ro-

bert lui-même. Elle l'avait aimé au point de fuir avec lui, et il n'avait pas l'air d'occuper la plus petite place dans ses pensées.

L'expédition à la boutique de prêt-à-porter avait produit le meilleur effet sur Helen. Elle demanda à Janette de l'emmener faire d'autres courses et, après qu'elle les eut faites, elle pria David de fixer pour elle des séances de rééducation à l'hôpital et non à la maison. Cela éviterait à Kay Donald de se déranger.

Un jour, Helen dit à Janette :

— Mary assure qu'il y a toute la place voulue pour faire entrer le fauteuil roulant dans le salon de coiffure. Je ne suis pas encore tout à fait décidée, mais je pensais que tu pourrais peut-être m'y déposer le matin, en allant prendre ton travail, et que David viendrait éventuellement me chercher... Tante Meg accepterait peut-être de pousser le fauteuil jusqu'à la maison ? Elle dit toujours qu'elle adore la marche...

Janette hésita. Elle n'avait aucune envie de décourager sa sœur en expliquant qu'elle ne garderait plus son emploi très longtemps.

— C'est une bonne idée, dit-elle enfin.

Elle parlait avec autant de naturel que Helen à l'instant.

Les progrès de sa sœur, même minimes, l'inté-

ressaient évidemment. Pour se distraire, elle s'achar-
nait à observer tout ce qui se passait autour d'elle
dans la maison. Ainsi se surprit-elle à étudier le
comportement de David et de sa femme quand ils
étaient ensemble. Ils paraissaient moins gênés, moins
distants qu'autrefois. Helen avait l'air de faire
montre de meilleure volonté pour répondre quand
David venait s'asseoir à côté d'elle et lui parlait.

Cette attitude d'indifférence presque hostile de
Helen vis-à-vis de David, qui avait surpris et cho-
qué Janette au début, elle ne la comprenait que
trop bien maintenant. Le ménage se trouvait dans
la position la plus fausse, la plus pénible qui se pût
imaginer. Comment l'un et l'autre auraient oublié
ce qui avait précédé l'accident ? L'infidélité de
Helen, son départ brutal, cruel...

Janette en venait soudain à se demander comment David avait pu pardonner une chose pareille
à sa femme. Bien sûr, maintenant elle était handicapée et il était difficile d'en vouloir à une malheureuse à ce point écrasée par le destin. Mais tout
de même...

Quant à Helen, à moins qu'il ne se fût agi d'un
emballement passager, il fallait bien qu'elle eût
cessé d'aimer son mari pour agir de cette façon.
Mais Helen était versatile : sans doute oubliait-elle
facilement ses torts, et plus facilement encore le
chagrin qu'elle avait provoqué. Peut-être maintenant se rapprochait-elle de David, faute de mieux...

Janette se reprocha ce « faute de mieux » peu

charitable. Helen, à la triste lumière de la souffrance morale, après l'affreux éblouissement de la souffrance physique, découvrait-elle qu'au fond de son cœur elle aimait David ? Et comment n'aurait-elle pas été touchée par sa bonté, son dévouement, la délicatesse généreuse avec laquelle il l'entourait d'attentions ?

Ce courant de pensée entraîna inévitablement la jeune femme à tenter d'imaginer sa sœur et Robert Cameron ensemble. Quelles étaient leurs relations ? De quoi parlaient-ils ? Comment se comportaient-ils ?

Mais elle avait beau s'efforcer de ne pas se représenter des images insupportables, elle ne pouvait s'empêcher de voir la tête brune de Robert, toujours un peu hirsute, penchée sur la tête blonde de Helen...

Pas surprenant, se disait-elle, que Gaelle n'ait pas souhaité que sa mère la sût dehors le soir, en compagnie de Robert Cameron !

Repenser à cela remplit brusquement Janette de fureur.

Quel homme était-il donc, qui invitait la fille, la ramenait très tard, et poussait l'inconscience jusqu'à la garder longtemps dans sa voiture devant la porte, quand à l'intérieur de la maison gisait une femme handicapée parce qu'elle avait fui son foyer avec lui !

« J'ai de la chance, se dit-elle. J'ai eu les yeux ouverts quand il en était encore temps. »

Elle s'ingénia à évoquer des souvenirs, ou des images qui faisaient resurgir la colère en elle. Cette colère l'aidait à supporter le travail qu'elle accomplissait aux côtés de Robert, à accepter le contact étroit qui lui procurait, naguère, tant de joie. Elle faisait bien ce travail, elle le savait. Elle parvenait sans difficulté à éviter toute remarque, toute allusion qui ne fût pas rigoureusement professionnelle. Et Robert agissait de même. Il était poli et courtois envers elle, observait une stricte réserve.

Parfois, quand il était parti et qu'elle restait seule dans son bureau près du cabinet de consultation, elle prenait pleinement conscience de la tension nerveuse qui résultait de la situation. Et elle se prenait à désirer, avec une intensité presque douloureuse, l'atmosphère brûlante et poussiéreuse de Quincomba Creek, et l'existence laborieuse et sans complication de là-bas.

— Regrettes-tu d'avoir quitté l'Australie, Michael ? demanda un jour Janette à son fils.

Ils étaient allés se promener avec Lucy et son petit chien.

— Préférerais-tu que nous y soyons encore ? reprit-elle.

Le garçon réfléchit un instant avant de répondre.

— Plus maintenant, dit-il enfin. Au début, quand tout était si nouveau pour moi..., oui, peut-être aurais-je été content de repartir. Peut-être... et je n'en suis pas certain. Mais à présent ? Non, maman ! C'est extraordinaire d'être ici !

Il la regarda, soudain pris d'inquiétude.

— Tu ne regrettes pas d'être revenue ?

— Moi, je ne regrette pas du tout ! déclara vivement Lucy. Même sans Mary Jane, je suis heureuse d'être ici. J'aime habiter là et j'aime grand-père, j'aime Jock... et... Maman, me permets-tu d'inviter Karen à goûter demain ?

Au-dessus de sa tête blonde, Janette rencontra le regard de son fils et tous deux sourirent.

— Bien sûr ! répondit Janette. Veux-tu que je vous cuisine quelque chose de bon ? Un gâteau ou une tarte ?

Le petit visage radieux de l'enfant se leva vers sa mère.

— Oui ! s'écria-t-elle. Et si nous pouvions avoir aussi des chips, dans un gros sac... Karen adore ça !

Janette promit solennellement le gros sac de chips. Ravie, Lucy partit en courant, suivie du petit chien dont les oreilles longues battaient au vent.

— Voilà Lucy tirée d'affaire, dit Janette avec un sourire heureux. Elle a enfin une amie.

Elle hésita à continuer la conversation. Mieux valait ne pas demander à Michael s'il n'était vraiment pas possible que lui et Gaelle s'entendissent

mieux. Gaelle se montrait particulièrement désagréable depuis quelques jours : Janette se demandait si Robert Cameron n'y était pas pour quelque
chose.

La jeune femme se rappela ce qu'il lui avait
dit, le soir où il avait ramené sa nièce à une heure
indue : ils discutaient les problèmes de la jeune
fille, avait-il expliqué. Mais par la suite, quand
Janette s'était mise à travailler avec lui, elle avait
de moins en moins songé à l'épisode.

« Je ne voulais pas y penser, se dit-elle avec
franchise. Je refusais d'imaginer qu'il y eût la
moindre aventure sentimentale entre Gaelle et lui.
Je ne voulais pas évoquer Robert invitant Gaelle à
dîner, ou à se promener..., la prenant dans ses
bras..., l'embrassant comme il m'a embrassée... »

Mais là, elle chassa brutalement ses souvenirs.

Elle ne devait pas, elle ne voulait pas se laisser
aller à se rappeler que Robert l'avait serrée contre
son cœur, qu'il l'avait passionnément embrassée.

Malheureusement pour elle, ces pensées-là lui
revenaient sans cesse à l'esprit. Elle était obligée
de lutter pour chasser ces images trop douces... ou
trop dangereuses, ces images qui faisaient soudain
courir plus vite et plus chaud le sang dans ses vei-
nes, qui lui faisaient battre le cœur et rougir les
joues...

« Votre joue est toute froide... », avait-il mur-
muré.

Ses lèvres frôlaient le coin de sa bouche.

« Je ne pensais pas que cela se passerait de cette façon... »

Il avait dit cela aussi.

Les choses avaient-elles donc été différentes avec Helen ?

Janette s'efforçait de voir Robert sous tous ses aspects. Oui, avec elle, il s'était conduit comme s'il n'avait jamais rien ressenti de semblable avec aucune autre femme. Mais... n'avait-il pas aimé Helen au point de compromettre tout son avenir, toute sa carrière pour elle ?

Le Dr Martin n'avait pas reparlé à Janette de Robert Cameron et elle s'en réjouissait, mais un soir, il se mit à lui parler de Helen et de David, de ce passé lointain qui avait précédé son départ en catastrophe pour l'Australie.

— Peut-être ne me croiras-tu pas, ma petite fille, dit-il doucement en bourrant sa pipe, mais, autant que toi, j'ai reçu un choc quand j'ai appris ce qui se passait. Tu avais toujours été si proche de David... Jamais je n'avais songé à remettre en question vos sentiments ou vos projets.

Janette travaillait à un ouvrage de couture. Elle le laissa pour lever les yeux sur son père.

— Je ne vois pas ce que tu veux dire, répliqua-t-elle d'une voix unie. Il... il n'y avait rien à remettre en question. Il n'y avait pas même à y réfléchir. David et moi, nous nous aimions, et nous nous serions mariés si... Helen n'était intervenue.

Soudain, une force irrésistible la poussa à parler, à prononcer les mots que jusqu'à présent elle avait eu la force de laisser informulés.

— On peut dire qu'elle en a tiré un grand bonheur ! ajouta-t-elle avec une rancune involontaire et ironique.

Son père se pencha vers elle et lui prit affectueusement la main.

— Ne sois pas amère, petite, dit-il à mi-voix. Il faut voir les choses avec réalisme, mais sans amertume.

Il recula dans son fauteuil et s'y adossa.

— Mais tu as raison, admit-il avec un pesant soupir. Ni Helen ni David ne sont heureux. Il y a bien des années qu'ils ne le sont plus. Mais David est celui pour lequel j'ai la plus grande sympathie.

Un peu étonnée de cette confidence, Janette resta muette, attendant qu'il continuât.

— Ce que je vais te dire ne te fera pas plaisir, mon enfant, mais ce n'est que la pure vérité, poursuivit enfin le vieux médecin. Je sais ce que tu penses, même si tu refuses de le reconnaître, mais j'estime qu'il te faut le savoir, petite. Tu crois que David a été le jouet d'un emballement, qu'il a été... ensorcelé par Helen — appelle ça comme tu voudras ! — et qu'il a rompu avec toi pour l'épouser.

Mais tu penses aussi qu'il a vite compris son erreur
et qu'il la regrette depuis lors. Maintenant, certes,
l'accident de ta sœur a changé la face des choses et
David se comporte avec une loyauté généreuse...,
mais à ton avis, il n'en pense pas moins à ce qui
aurait pu être. Est-ce bien ainsi que tu vois la situation, Janette ?

La jeune femme avait pâli. Son premier mouvement fut de nier ces pensées que lui prêtait son
père, de déclarer avec vigueur que jamais elle
n'avait ainsi jugé les choses et les gens... Mais
Janette était foncièrement franche. Elle savait que
son père disait la vérité. Il la connaissait mieux
qu'elle ne se connaissait elle-même...

Humblement, elle le regarda sans répondre, son
silence étant à lui seul un acquiescement.

— Ce n'est pas cela du tout, sais-tu, petite ?
reprit affectueusement le père. Jamais un seul instant, depuis le premier jour, et durant toutes ces
années, David n'a cessé d'aimer sa femme.

Le médecin regardait sa fille en face, l'obli-
geant à le regarder de même.

— Vous étiez trop proches l'un de l'autre,
David et toi, reprit-il d'un ton pensif. Ni l'un ni
l'autre ne pouviez vous voir tels que vous étiez réellement. Vous ne pouviez pas mettre vos sentiments
à l'épreuve, pour savoir si ce que vous éprouviez
était vraiment de l'amour. Vous étiez plutôt comme
frère et sœur. Vous étiez très jeunes et vous man-

quiez totalement d'expérience... Vous n'aviez même pas l'idée de rencontrer, de manière suivie, des jeunes de votre âge.

Le vieux médecin se tut un instant, puis continua :

— Je ne sais pas comment cela s'est produit, mais je suppose qu'un jour, Helen et David se sont vus, vraiment vus... Et voilà ! L'étincelle a jailli. C'est une chose contre laquelle on ne peut rien, petite. L'amour est une force de la nature, ne l'oublie pas.

Quelques secondes passèrent avant que Janette fût en état de parler.

— Mais alors..., que s'est-il passé entre eux par la suite ? demanda-t-elle avec difficulté.

— Je ne sais pas, répondit le père. J'ai bien mon idée là-dessus, mais... je ne peux rien faire. Parfois, je me dis que si David avait pris plus d'autorité, plus de fermeté dans ses rapports quotidiens avec sa femme, les choses auraient mieux été... et que, maintenant encore, elles iraient mieux. Il a toujours tout fait pour ne pas la décevoir, pour lui donner ce qu'elle voulait. Je crois qu'elle l'estimerait, le respecterait davantage s'il se montrait un peu plus dur.

Le Dr Martin soupira et se passa la main dans ses cheveux blancs.

— Je ne sais que faire, petite, mais je souhaite

de tout mon cœur que ces deux-là se retrouvent
enfin. Je donnerais beaucoup pour qu'ils soient,
enfin, un peu heureux.

Janette soupira.

— Je ne pense pas que les choses puissent
jamais s'arranger seules, père, dit-elle. Il faut que
les gens eux-mêmes s'en occupent et s'acharnent.
Il faut de la bonne volonté de part et d'autre. Si
Helen faisait un effort, si David en faisait autant...
non qu'il n'en fasse pas, le pauvre... mais il lui faudrait les faire dans une autre direction. Comme ça,
peut-être finiraient-ils par atteindre un but.

Elle se leva.

— Une tasse de thé avant d'aller dormir ?

Dans la cuisine, pendant que l'eau chauffait dans
la bouilloire, Janette songeait aux paroles de son
père. Lentement, péniblement, elle commençait à
entrevoir que, peut-être, il avait raison. Et elle,
s'était-elle donc trompée ? Injustement, intermina-
blement, elle avait laissé seul et malheureux un pauvre homme qui n'était coupable de rien, tandis que
la rancune et l'amertume la gardaient dans un inutile exil. Et c'était elle, maintenant, qui était bour-
relée de remords.

A la porte du salon, son plateau à la main, elle
regarda son père assis devant le feu.

— Tu sais, père, dit-elle doucement, en lui don-

nant sa tasse pleine, toi et Steve, vous auriez sûrement beaucoup sympathisé.

— J'en suis convaincu, d'après ce que je vois
en Michael et en Lucy. Ils doivent avoir de nom-
breux points communs avec leur père.

Janette posa sa tasse sans la boire.

— J'aurais aimé que vous vous connaissiez,
père, murmura-t-elle. Je... je voudrais n'avoir pas
été si entêtée à propos de tout cela. Steve voulait
que je t'écrive, juste après notre mariage, quand...
je lui ai tout raconté. Il voulait que je t'écrive à ce
moment-là..., il l'aurait voulu aussi au moment de
la naissance de Michael, puis de celle de Lucy... Et
moi... je disais toujours non.

Elle se mit à pleurer, sur toutes ces années
enfuies qui ne reviendraient jamais, sur toutes les
occasions manquées, sur toutes les heures qu'elle
n'avait pas vécues dans la maison familiale. Son
père se leva et gauchement l'entoura de ses bras et
la garda contre lui, la laissant pleurer.

Quand ses larmes cessèrent de couler, il lui donna
son grand mouchoir blanc, exactement, elle se le
rappela, comme il le faisait quand elle était enfant.

— Mouche-toi, dit-il quand elle lui rendit son
mouchoir.

Janette obéit docilement.

— Et maintenant, va au lit, reprit-il.

Tout à coup, il était bourru, embarrassé.

Il hésita un moment, puis, sans la regarder, lui demanda si elle conserverait son travail.

— Jusqu'au moment où Robert aura trouvé une remplaçante, répondit Janette simplement. Ensuite, je partirai.

Le médecin hocha la tête, satisfait.

— Bonne nuit, ma petite fille, dit-il.

CHAPITRE XI

Robert était parfaitement poli envers elle, mais la situation était difficile. Il régnait au cabinet une telle atmosphère de tension et de contrainte que la jeune femme se sentait au bout de sa résistance nerveuse. « Je ne pourrai pas supporter ça longtemps ! » pensait-elle. Leurs relations de froide courtoisie professionnelle étaient certainement irréprochables, mais elle trouvait de plus en plus difficile de se comporter de manière normale, même à la maison, à tel point qu'un soir, comme Michael n'était pas rentré à l'heure habituelle, sans l'avoir avertie de son retard, et sans s'en s'être excusé par téléphone, elle fut si inquiète, agitée, qu'elle fut incapable de se mettre à quoi que ce fût.

— Que fais-tu encore une fois devant la fenêtre, Janette ? lui demanda finalement Helen, mi-amusée mi-agacée.

— Michael n'est pas rentré, répondit la jeune femme plus brusquement qu'elle ne l'aurait voulu.

Je voudrais bien le voir de retour. Les routes sont
si mauvaises..., le car pourrait avoir eu un accident...

Helen rit, sans méchanceté.

— S'il fallait que je fasse une histoire chaque
fois que Gaelle rentre plus tard que prévu, dit-elle,
je deviendrais neurasthénique !... Ecoute... N'est-ce
pas eux que j'entends ?

C'était Gaelle seule, avec un message de son
cousin : il était allé à une petite soirée chez un ami
et il se ferait ramener par un invité. Surtout, il ne
voulait pas que sa mère l'attendît : il arriverait peut-
être très tard.

— Tu en es sûre, Gaelle ? demanda Janette,
étonnée.

La jeune fille rougit et détourna le regard.

— Evidemment, j'en suis sûre, tante Janette !

Elle sourit, et Janette remarqua l'éclair méchant
qu'elle avait déjà vu dans ses yeux quand elle provoquait Michael et lui disait des choses désagréables.

— Je savais bien qu'un jour viendrait où il
cesserait de s'accrocher à vos jupes. Ne vous ai-je
pas déjà dit que c'est un homme, maintenant ?

— Gaelle ! lança Helen sèchement. Ne parle
pas à ta tante sur ce ton !

Jamais Janette ne l'avait entendue réprimander
sa fille : elle en fut interloquée. Helen se tourna
vers elle.

— Ne t'inquiète pas, dit-elle. Il y a plusieurs

étudiants en médecine qui habitent près d'ici, il trouvera facilement à se faire raccompagner. Et... Gaelle a raison : c'est un homme, ton Michael !

« Je le sais bien, se dit Janette, mais il est mon fils... »

Le temps passait. Jamais il n'avait rien fait de semblable.

« Pourquoi ne m'a-t-il rien dit ? se demandait-elle. Il sait très bien que j'aurais trouvé cela tout naturel... »

Elle se dit et se répéta qu'il était absurde de tant se tourmenter. Et de toute façon, elle n'allait pas pleurer ! Elle pleurait pour un rien, ces temps-ci... Michael avait l'âge d'être indépendant !

Malgré cela, elle demeura éveillée, incapable de dormir, incapable même de se coucher avant d'être tranquillisée. Minuit sonna...

Il était bien plus d'une heure quand elle se décida : elle n'y tenait plus. Impulsivement. elle alla frapper à la porte de Gaelle.

Quelques instants passèrent avant que la jeune fille vînt lui ouvrir. Elle était décoiffée, mais elle ne semblait pas avoir dormi.

— Excuse-moi, dit Janette, confuse. Je sais que je ne devrais pas m'inquiéter à cause de Michael et... j'essaye de rester calme, mais...

En dépit de ses efforts, sa voix tremblait. Elle essaya sans succès de la raffermir.

— A-t-il dit, par hasard, vers quelle heure il comptait rentrer ?

Gaelle haussa les épaules.

— On ne sait jamais avec ce genre de festivités, dit-elle avec indifférence.

Janette soupira.

— Pardonne-moi de t'avoir dérangée, dit-elle.

Soudain, elle se dit qu'il était injuste, certainement, aux yeux de la jeune fille, qu'elle s'inquiétât au sujet de son fils alors que personne, jamais, ne s'inquiétait à son sujet. Cela devait être dur pour la pauvre enfant.

— Je vais aller me faire une tasse de thé, dit-elle. Veux-tu que je t'en apporte une ?

La jeune fille devint écarlate, puis, aussi subitement, elle perdit toute couleur.

— Tante Janette, murmura-t-elle d'une voix étranglée, il faut... il faut que je vous dise quelque chose.

Et avant que Janette eût eu le temps de répondre, elle se mit à sangloter et à parler en même temps. Peu à peu, une histoire incohérente prit forme, Janette, effarée, n'en croyant pas ses oreilles. Elle s'efforça de comprendre.

— Attends un instant, dit-elle enfin.

Son cœur battait avec une telle violence qu'elle respirait difficilement.

— Ai-je vraiment bien saisi ? C'est toi qui as

envoyé Michael à cette réunion, en prétendant qu'un de ses camarades t'avait chargée de l'inviter ? Et non seulement tu savais que c'était faux, mais tu savais aussi qu'il allait tomber parmi des voyous, et que ces derniers attendaient la visite de la police ?

Gaelle hocha la tête en reniflant d'un air malheureux.

— Mais enfin..., ma petite fille..., pourquoi ? demanda Janette, les lèvres raidies par l'angoisse.

— Pour... pour lui donner une leçon ! gémit la jeune fille. Pour l'obliger à ne pas être si... si nigaud... Pour lui faire voir... Je ne sais pas ! Je ne sais plus ! Je... je ne comprends pas ce qui m'a pris. Sur le moment, j'ai trouvé ça « marrant »...

Elle leva les yeux sur sa tante. Des yeux pleins d'anxiété.

— Si la police le trouve là, tante Janette, il sera renvoyé de l'école de Médecine...

— Où se passe cette jolie fête ? demanda Janette. Pourrais-je au moins savoir si... la police est intervenue ?

— C'est sûrement trop tôt encore pour la police, mais... mais ils ne laisseront pas Michael partir.

Elle rougit de nouveau sous le regard de sa tante.

— Je ne sais pas vraiment si la police devait y aller. Le bruit en courait, c'est tout. Du reste, si la police arrive, on ne trouvera rien. Enfin, je le pense... Ça donnera seulement un peu la frousse à Michael. Il est toujours si sûr de lui...

— Que font ces garçons qui risquent d'attirer la police chez eux ? demanda Janette froidement.

— Ils... ils « piquent » des trucs dans les voitures..., des radios, des choses comme ça..., et ils les revendent. On prétend que quelqu'un les a vus et les a dénoncés... mais personne n'est sûr de rien...

Sa voix trembla et elle se tut, la tête baissée.

— Ecris l'adresse sur un morceau de papier, dit Janette, et apporte-la-moi dans ma chambre.

Rapidement, sans se permettre de réfléchir, elle se chaussa, prit son manteau, mit une toque sur sa tête et chercha son petit sac. A la réflexion, elle changea sa robe contre un chaud pantalon et un chandail épais. Gaelle lui apporta un papier, ne dit rien et repartit.

Janette mit la voiture en route et quitta le garage. Elle se rendit tout droit à la petite ville et s'arrêta devant le cabinet de consultation : Robert habitait un appartement au-dessus.

D'instinct, elle était venue là.

Tout était obscur. Elle tira la sonnette, et rien ne bougea.

« Il n'est pas là ! » se dit-elle.

Elle comprit alors qu'elle n'avait d'espoir qu'en lui. Elle était partie, comptant absolument, uniquement sur lui. S'il n'était pas là...

Une lumière s'alluma à une fenêtre du premier étage, puis une autre en bas, la faisant cligner des paupières. La porte s'ouvrit. Robert était sur le seuil, ébouriffé, une robe de chambre hâtivement passée sur son pyjama.

— Janette ! Qu'est-ce qui ne va pas ?

Il avait posé la question très vite, avec anxiété.

— C'est... Michael..., balbutia-t-elle. Ou plu-tôt... Gaelle...

— Entrez. Vous êtes gelée...

Elle entra et répéta tout ce que lui avait dit sa nièce, sur la prétendue réunion, et Michael se ren-dant, sans rien savoir, à une réunion de jeunes délinquants qui s'attendaient vaguement à recevoir une visite de la police. Une rafle, somme toute ! Michael risquait d'être pris dans une rafle !

Sur les derniers mots, sa voix s'étrangla. Robert la regardait d'un air sombre, sévère.

— Pourquoi ne vous êtes-vous pas adressée à David Bennett ? demanda-t-il durement.

En même temps que lui, avec stupeur, elle se posait la question.

— Je... je n'ai pas pensé à lui... Du reste..., je crois qu'il est de garde à l'hôpital cette nuit.

Il n'empêchait qu'elle n'avait pas un instant songé à David.

Robert la regardait : il semblait réfléchir. Il prit un parti.

— Allez à la cuisine et préparez du café pendant que je m'habille, dit-il.

Quand il reparut, le café était prêt. Il en but rapidement une tasse et insista pour qu'elle en bût une aussi. Puis, sans ajouter un mot, il l'entraîna vers le garage.

Quand Janette se trouva dans la grande voiture puissante, roulant sur la route d'Edimbourg, elle se rendit compte tout à coup, avec un choc, de l'énormité de ce qu'elle avait fait dans son désespoir. Comment avait-elle osé ?

— Robert..., merci de... de m'aider, murmura-t-elle. Je... je n'aurais pas dû vous demander cela...

Il ne la regardait pas.

— Je suis heureux que vous m'ayez confié le sort de votre fils, répondit-il.

La froide hostilité du ton fit mal à la jeune femme.

Robert et elle étaient devenus des ennemis... et c'était à lui qu'elle s'adressait à l'heure du danger !

« Rien n'est changé, hélas ! » pensait Janette. Robert Cameron était toujours l'homme avec lequel Helen avait trahi son mari, fui son foyer, abandonné sa fille, il était toujours celui qui volontairement lui avait caché cela. Et pourtant, désespérée, torturée d'inquiétude pour son fils, c'était à lui qu'elle avait couru demander du secours.

— Qu'allons-nous faire ? demanda-t-elle quand ils eurent atteint la ville.

— *Nous* n'allons rien faire du tout, répliqua-t-il d'un ton bourru. S'il y a quelque chose à tenter, c'est moi qui m'en occuperai.

Elle le connaissait assez pour savoir qu'il était inutile de discuter quand il avait les mâchoires serrées. D'ailleurs, maintenant qu'ils étaient près du but, elle se rendait compte du soulagement qu'elle éprouvait à tout laisser entre les mains de Robert. Elle ne serait que trop contente de rester dans la voiture pendant qu'il agirait.

Il s'arrêta à l'adresse indiquée, coupa le contact et mit pied à terre.

— Ne sortez pas, dit-il avant de fermer la portière. Cela ne devrait pas être long. Ou bien j'arrive à temps... ou bien...

Il n'acheva pas. Janette le vit entrer dans l'immeuble. Elle n'avait plus qu'à attendre.

Sa montre lui indiqua qu'il était depuis dix minutes dans la maison, mais Janette trouva ces minutes-là interminables. Il lui sembla qu'une éternité s'écoulait avant que la porte ne s'ouvrît enfin et que Robert ne s'avançât, avec Michael à son côté, un Michael pâle et bouleversé, toute sa confiance en lui, toute son assurance disparues...

Janette lui tendit les mains quand Robert ouvrit la portière.

— Tu n'as pas de mal ? demanda-t-elle avec angoisse.

— Bien sûr que non, il n'a pas de mal ! coupa
Robert. Il a fait l'idiot et il l'a payé le bon priz.
C'est tout.

Du menton, il indiqua le siège arrière.

— Assieds-toi là, dit-il, et ferme-la jusqu'à ce
que j'aie trouvé un endroit où on nous servira un
café.

— Je n'ai pas...

— Ta mère en a besoin, si tu n'en veux pas !
Et j'en ai besoin aussi !

Le silence régna dans la voiture tandis que
Robert tournait dans les rues. Il finit par trouver un
café qui restait ouvert toute la nuit ; ils descendirent
et entrèrent dans l'établissement. Lorsque la tasse
fumante fut entre ses mains, Janette s'aperçut qu'elle
en avait grand besoin, en effet.

— Qu'avez-vous fait, Robert ? demanda-t-elle.

Le café chaud lui rendait du courage.

— Pas grand-chose ! J'ai simplement allumé
toutes les lumières et j'ai dit que je voulais voir le
jeune Michael. On m'a répondu qu'il n'était pas là.
J'ai répliqué que c'était faux. Pour finir, ils ont
tourné une clé dans une serrure et ouvert la porte
d'un office. Michael est sorti. Et voilà !

Michael semblait avoir repris contenance à présent. A lui aussi, le café faisait du bien.

— Je ne sais que dire, docteur Cameron, com-
mença-t-il, embarrassé.

— La seule chose que j'aimerais savoir est comment diable tu étais arrivé là, dit le cardiologue.

Michael garda le silence. En dépit de tout ce qui lui pesait sur le cœur, Janette fut heureuse à l'idée que son fils se refusait à trahir sa cousine.

— Michael, dit-elle avec autorité, nous ne serions pas là si Gaelle ne m'avait pas tout avoué. Alors, tu peux parler : tu n'auras rien à te reprocher.

Le garçon poussa un soupir, visiblement soulagé, et il rougit. Tendrement, Janette pensa qu'il n'était pas tellement « homme » qu'il en avait l'air parfois.

— Tout ça est assez stupide, dit-il sans élever la voix. Gaelle m'a parlé de cette réunion... Elle m'a transmis une invitation de celui qui recevait « les copains », un garçon que je connais de vue et qui ne m'était guère sympathique. Naturellement, j'ai dit que je n'irai pas. Alors, elle s'est moquée de moi, elle m'a traité de petit garçon qui a peur de sortir sans sa maman... Tu connais le genre de chanson, maman... Pour finir, elle m'a mis au défi d'aller là-bas. Et moi, comme un idiot, j'ai cédé.

— Gaelle m'a dit qu'elle avait prétendu qu'un de tes amis t'invitait...

— Oui, elle m'a dit ça... Mais je me doutais bien que ce n'était pas vrai. Mon tort, c'est que je n'ai pas voulu me « dégonfler ». Quand je suis

arrivé à l'appartement — les parents d'un de ces
garçons étaient absents et ils en profitaient —, j'ai
compris tout de suite de quoi il retournait. On
venait de leur annoncer une possible incursion de
la police : dans tous les coins, ils avaient caché des
objets qu'ils volent, la nuit, dans les voitures mal
fermées. Ils n'avaient ni le temps ni la possibilité
de déménager tout ça... Ils me l'ont expliqué fort
aimablement et m'ont annoncé que si la police
venait, ils fileraient par une sortie dérobée et me
laisseraient seul... avec les objets volés. Ce serait
donc moi qui porterais le chapeau. Ceci dit, ils
m'ont enfermé dans cet office et pendant des heures,
je les ai entendus rire : je crois qu'ils organisaient
une savante mise en scène et que cela les amusait
beaucoup.

Le garçon chez lequel se passait cette réunion
était un inconscient : absent ou présent, il aurait
été lui-même compromis...

— Et Gaelle était au courant ? Elle t'a sciem-
ment envoyé dans ce traquenard ?

— Je ne sais pas. Ce que je sais, par contre,
c'est que je suis pleinement fautif. J'aurais très bien
pu dire carrément que je n'irais pas chez ce garçon.
Seulement, je voulais prouver à Gaelle que... euh...
je n'étais pas... euh...

— Que tu n'étais pas le fils très obéissant de
ta mère, dit calmement Janette.

Le bref regard que lui avait jeté Michael lui
avait fait deviner, sans risque d'erreur, l'argument
utilisé par sa cousine.

— Tu te rends compte, je suppose, dit Robert, que tu aurais infiniment mieux prouvé ta volonté d'homme en envoyant purement et simplement promener cette petite sotte ?

Michael regarda le médecin en face.

— Oui, docteur, dit-il, je sais cela. J'ai... j'ai eu tout le temps d'y réfléchir pendant les heures que j'ai passées enfermé dans cet office. Je tremblais sans cesse d'entendre arriver la police... Je savais que si j'étais impliqué dans cette affaire, je serais chassé de l'école. Soyez sans crainte, je ne ferai plus l'imbécile !

Robert Cameron fixa sur le garçon un regard aigu, puis il hocha la tête.

— Très bien, dit-il. Et maintenant, rentrons.

Pendant tout le trajet du retour, il parla à Michael de ses études, discutant le programme de première année de médecine, allant même jusqu'à demander au jeune homme son avis sur ses propres conférences, et sur tout le système de cours. En les écoutant, Janette, désorientée, se disait que Robert Cameron était vraiment un homme étrange, pétri de contradictions.

« Je ne le comprends pas, se dit-elle tristement. Je ne comprends rien à sa façon de se conduire. C'est comme s'il venait d'une autre planète ! »

Mais qu'importait, hélas ! qu'elle le comprît ou non ? A cause de ce qui s'était passé entre Robert et Helen, Helen était clouée pour la vie dans un fauteuil.

Robert s'arrêta à côté de la voiture que Janette avait laissée dans la grand-rue, déserte à cette heure. Janette descendit et vint lui parler.

— Merci, dit-elle d'une voix qui tremblait.

Elle lui tendit la main, mais il ne la prit pas. A la lueur falote d'un réverbère, il la regarda, paraissant oublier la présence de Michael.

— Je ne veux pas de vos remerciements, Janette, dit-il d'une voix sourde. Je voulais votre confiance, mais vous me l'avez refusée.

Sans ajouter un mot, il fit faire demi-tour à la voiture et s'éloigna en direction de son garage.

Après un instant, Janette monta dans sa voiture. Elle prit place sur le siège voisin de celui du conducteur.

— Prends le volant, dit-elle à son fils.

Elle réussit à garder une voix calme.

— Maman, pardonne-moi ! dit brusquement le garçon.

Elle se tourna vers lui, et avec effort parvint à sourire. Les paroles de Robert faisaient monter à ses yeux des larmes traîtresses qui lui brouillaient la vue.

— Je crois que nous avons tous reçu une leçon, dit-elle lentement. Tout au moins... je l'espère.

Ce vœu se réalisait en ce qui concernait Michael

lui-même et, chose plus surprenante, en ce qui concernait Gaelle.

Janette ne devait jamais savoir ce qui s'était passé entre les deux cousins, mais le lendemain matin, après cette nuit dramatique, ils passèrent un très long moment ensemble dans la bibliothèque. Plus d'une fois, Janette entendit Michael élever la voix et elle faillit céder à la tentation d'intervenir, mais, au prix d'un grand effort, elle s'en abstint. Lorsque les jeunes gens sortirent enfin de la pièce, il était visible que Gaelle avait pleuré.

— Michael, n'as-tu pas été trop dur avec cette petite ? demanda Janette à son fils quand ils se retrouvèrent seuls. Que lui as-tu dit ?

— Je lui ai seulement dit quelques vérités, répondit Michael évasivement.

Quelles que fussent les vérités en question, elles éclaircirent assurément l'atmosphère entre les jeunes gens. Ils discutèrent encore souvent, mais sur un ton amical, Janette ne tarda pas à le constater. Gaelle semblait avoir perdu son hostilité envers son cousin.

Helen et David le remarquèrent aussi. David en parla à sa belle-sœur :

— Sais-tu ce que Gaelle m'a dit ? Elle m'a dit qu'elle commence à se rendre compte de l'agrément qu'il y a à avoir un frère !

Il hésita un instant.

— Michael a une très bonne influence sur Gaelle, Janette. Je... j'étais ennuyé, depuis quelque temps, au sujet de certains des camarades avec lesquels elle sortait, mais maintenant, voilà qu'elle se met à fréquenter les amis de ton fils.

Il sourit.

— Comment est-il parvenu à cela, le sais-tu ? demanda-t-il. Aurait-il un secret ?

Janette pelait des pommes de terre à la cuisine. Ses mains s'immobilisèrent soudain. L'occasion qu'elle guettait se présentait-elle enfin ?

— Je ne sais pas s'il a un secret, dit-elle, mais j'ai l'impression qu'il a pris de l'autorité sur elle... et il se montre très ferme. Elle a compris maintenant, je pense, qu'il y a des limites à tout, aussi bien aux taquineries qu'aux remarques désobligeantes. Elle a l'air, comme cela, de s'insurger contre toute autorité, mais je crois que dans un sens elle ne la déteste pas tant que cela. Elle a besoin d'être obligée à être raisonnable.

A peine avait-elle parlé qu'elle le regretta : somme toute, elle critiquait le système d'éducation de David. Avait-elle le droit de se mêler de ses rapports avec sa fille ?

— Excuse-moi, murmura-t-elle, je n'aurais pas dû dire ça.

— Tu as très bien fait, au contraire, répondit

David pensif. Je devrais peut-être, moi aussi, montrer un peu plus d'autorité vis-à-vis de ma Gaelle.

« Vis-à-vis de ta femme aussi », pensa Janette, mais cela, elle ne pouvait pas le dire. Cependant, le regard de David croisa le sien et elle eut l'impression d'avoir été entendue, même sans avoir parlé.

CHAPITRE XII

Quelques jours plus tard, il fut confirmé à Janette que David l'avait entendue.

Helen était dans un de ses mauvais jours.

— Elle a tout critiqué pendant toute la matinée ! expliqua la tante Margaret, à bout de patience.

Helen allait se comporter de la même façon durant le reste de la journée...

Les exigences de Helen auraient exaspéré un ange !

— Quand renonceras-tu à ce stupide emploi ? grogna-t-elle comme Janette allait, après le déjeuner, emporter la vaisselle à la cuisine.

— Bientôt, répondit Janette d'un air détaché. Robert Cameron a enfin trouvé quelqu'un... Mais ma remplaçante ne sera pas libre avant le début du mois prochain.

— J'en ai par-dessus la tête de la tante Meg ! dit Helen d'un ton boudeur.

Janette ne répliqua même pas.

— Voilà David, dit-elle après quelques minutes. Il s'est arrangé pour venir te chercher et t'emmener à l'hôpital pour ta séance de rééducation.

Elle se tourna vers son beau-frère qui entrait.

— Helen est prête, dit-elle. Je vais chercher son manteau.

— Je n'y vais pas, dit Helen brusquement.

Son mari et sa sœur la regardèrent avec surprise.

— J'en ai assez de ces allées et venues, dit-elle. David, tu n'auras qu'à dire à Kay Douglas de recommencer à venir ici, comme avant.

Sans plus se soucier des autres, elle prit un livre.

Mais à ce moment, prenant tout à coup une initiative imprévue, David traversa la pièce en quelques enjambées et lui prit le livre des mains.

— Non, Helen, dit-il, je ne dirai rien à Kay Douglas.

Helen leva sur lui un regard indigné. Il ne lui laissa pas le temps de répondre.

— Il y a trop longtemps que tu fais l'enfant gâtée, reprit-il. Tu fais des caprices..., je cède..., mais c'est terminé. Tu viendras faire tes exercices à l'hôpital comme les autres, et il n'y a plus à y revenir. Janette, veux-tu aller chercher le manteau de Helen ?

Helen en resta bouche bée. Après coup, à ce souvenir, Janette ne put s'empêcher de rire du visage stupéfait de sa sœur. Un instant, elle crut que Helen allait renoncer définitivement à ce traitement et rester à bouder dans un coin, mais elle se trompait. Helen actionna son fauteuil jusqu'au vestibule et décrocha elle-même son manteau, maintenant suspendu à sa portée, et, sans ajouter un mot, elle partit avec son mari.

Après avoir un peu hésité, Janette raconta l'épisode à son père quand il fut rentré, à la fin de la journée. Ils prenaient le thé tous les deux au coin du feu.

— Je ne sais pas si cela va durer, dit-elle, mais aujourd'hui, Helen a été obligée de s'incliner. Ce... ce serait peut-être la solution, père ?

— Cela pourrait certainement améliorer les choses, admit le médecin prudemment.

Il secoua la tête en soupirant.

— Mais, petite, la mésentente et les difficultés dans ce ménage remontent à très loin dans le temps : je ne les vois pas se résoudre d'un coup de baguette magique. Ne... ne compte pas trop sur un miracle.

— Je ne compte pas sur un miracle, père, mais il me semble que c'est un commencement.

Elle remplit de nouveau la tasse de son père.

— Je me demande si nous n'avons pas tous traité Helen avec trop de faiblesse. Le gant de velours... sans la main de fer.

Le vieux médecin réfléchit.

— Tu as peut-être raison, dit-il enfin. Cet accident..., la manière dont il s'est produit..., cela a été si affreux que nous pourrions bien avoir perdu la saine vision des choses. Et tu sais toi-même que

Helen a toujours su imposer ses quatre volontés à tout le monde.

— Oui, je le sais...

Janette s'aperçut soudain, avec surprise, qu'elle constatait ce trait de caractère de sa sœur sans aucune acrimonie. Helen était ainsi... Est-on totalement responsable de sa nature profonde ? Ne devrait-on pas, plutôt, condamner ceux qui ne luttent pas pour empêcher une nature difficile de trop s'épanouir ?

La conversation en resta là.

Quelques jours plus tard, Helen s'étant plainte de mal dormir, le Dr Martin ne la plaignit pas comme il le faisait d'habitude.

— Je crois que tu te couches trop tôt, dit-il en souriant. Et tu ne prends pas assez d'exercice dans la journée.

Helen haussa les épaules avec humeur.

— Que puis-je faire sinon me coucher ? maugréa-t-elle. Je regarde la télévision à m'en faire loucher, et quand j'en ai assez, j'aime autant mon lit.

— Tu pourrais lire... ou tricoter..., t'occuper en attendant le retour de David, conseilla le Dr Martin. Et tu pourrais lui faire du thé ou du café..., lui donner quelque chose à manger. Je crois que cela te ferait dormir beaucoup plus facilement.

— Et quel genre d'exercice me conseilles-tu ? demanda Helen ironiquement.

— Une promenade quotidienne dans le jardin,

ou même en dehors du jardin, en actionnant toi-
même ton fauteuil au lieu de te faire pousser, te
ferait tout le bien du monde.

— Merci mille fois de l'excellente et réjouissante
idée ! répondit Helen, narquoise.

Elle ne reparla pas de ses insomnies, et le lendemain soir, quand Janette lui demanda si elle était
prête à se coucher, elle s'entendit répondre sur un
ton léger :

— Je crois que je vais rester là encore un peu.
Et ne t'occupe pas de moi, Janette : tu t'actives beaucoup dans la journée et tu dois être fatiguée. David
ne doit pas rentrer très tard : je vais l'attendre et il
m'aidera, ensuite, à me mettre au lit.

Le visage plus rose, elle dirigea son fauteuil
vers la cuisine. Devant la porte, elle s'arrêta et se
tourna vers sa sœur.

— Pendant que nous y sommes, tu pourrais
peut-être me montrer tous les changements que tu
as apportés à l'agencement de la cuisine. David est
parti très vite, ce soir, il n'a pas eu le temps de
dîner comme il faut. Je pourrai lui faire une omelette s'il a faim.

— Oui, c'est une bonne idée, dit Janette tout
aussi légèrement. Regarde..., les casseroles sont ici,
les poêles là. Les œufs sont dans le réfrigérateur,
ainsi que le beurre... Le sel et le poivre sont sur ce
rayon... et je laisse toujours une cruche d'eau sur
l'évier pour que tu puisses l'atteindre sans peine.
Veux-tu que je prépare quelque chose ?

Helen secoua la tête. Et soudain, chose totale-

ment inattendue, elle sourit largement, avec une
nuance de gaieté malicieuse, exactement comme
autrefois, quand ce sourire espiègle faisait partie de
son charme.

— Non, merci, dit-elle. Je ne veux pas qu'il
s'imagine que ces attentions vont devenir une habitude. Je ne fais qu'une expérience... et il se pourrait très bien que je change d'idée un peu plus tard.

Le matin, pourtant, Janette constata que sa sœur
n'avait pas du tout changé d'idée, car la poêle, deux
assiettes et deux tasses, lavées, attendaient sur
l'égouttoir à vaisselle. David avait eu son omelette
à son retour...

La jeune femme pensa que mieux valait feindre
de ne s'apercevoir de rien, mais Lucy fut moins sub-
tile. Elle entendit sa mère et son grand-père échan-
ger quelques mots sur le sujet dans la cuisine, et
quand elle alla, comme de coutume, embrasser sa
tante avant de partir pour l'école, elle lui en parla.

— Avez-vous fait la cuisine pour oncle David
hier soir, tante Helen ? demanda-t-elle.

De la cuisine, Janette avait entendu la petite
voix claire.

— Oui, en effet, répondit Helen qui dormait
encore à moitié.

— C'est bien que vous puissiez faire un repas
en étant assise, reprit l'enfant. Souvent, maman dit
qu'elle a mal aux pieds à force de rester debout.

Vos pieds, à vous, peuvent se reposer tant qu'ils veulent, n'est-ce pas ?

Sans attendre la réponse de sa tante, la petite fille ajouta gravement :

— Mais je pense que vous aimeriez mieux ne pas vous reposer autant que ça...

Janette retint son souffle, se demandant s'il valait mieux aller chercher sa fille pour l'empêcher d'en dire davantage ou rester tranquille.

Elle entendit enfin la voix de sa sœur :

— Oui, tu as raison, ma chérie. J'aimerais beaucoup mieux me reposer un peu moins...

— Qui a fait la vaisselle ? demanda Lucy qui voulait tout savoir. Vous ou oncle David ?

— Nous l'avons faite ensemble.

La voix de Helen, à présent, était plus ferme. Mais Janette estima qu'il était temps de mettre un terme à la conversation.

— Lucy ! appela-t-elle. Il est l'heure de partir !

— J'arrive, maman.

Mais elle ne vint pas tout de suite. Elle prit le temps d'ajouter une remarque :

— Si vous pouvez faire la vaisselle, tante Helen, c'est que vous allez sûrement beaucoup mieux, pas vrai ?

A la stupeur de Janette, sa sœur éclata de rire.

— Beaucoup mieux ! dit gaiement Helen. Et maintenant, sauve-toi ! Tu peux laisser Jock auprès de moi, mais s'il y a de petites mares sur mon tapis, tu les nettoieras ce soir !

Lucy sortit de la chambre en courant. Elle prit son cartable sur la table du vestibule.

— J'ai laissé Jock chez tante Helen pour qu'il lui tienne compagnie, annonça-t-elle, mais ne t'inquiète pas : il vient de sortir.

Elle monta dans la voiture de son grand-père, et ajouta honnêtement :

— Enfin... il n'y a pas à s'inquiéter de lui pendant un bon moment. Ensuite, peut-être qu'il voudra sortir encore.

Janette lui fit un dernier geste d'adieu, du seuil, puis elle rentra dans la maison, souriante.

— Où est le programme de télévision ? lui demanda Gaelle. Celui de la semaine dernière...

Elle parut à la porte de la cuisine.

— J'adore Lucy, dit-elle. Nous l'adorons tous, tante Janette !

Elle vint s'asseoir devant la table et, regardant la jolie fille aux yeux clairs, Janette se dit avec étonnement que la Gaelle de naguère n'aurait jamais dit cela.

— Tu es rentrée de bonne heure hier soir, dit-elle.

La jeune fille hocha la tête.

— Ces étudiants en médecine, ils ont tellement de travail à faire et ils sont toujours si pressés par le temps qu'ils n'ont jamais la possibilité de rentrer tard.

Elle se servit du lait et des céréales.

— Michael et moi, nous nous demandions si nous pourrions avoir des amis ici samedi soir ?

demanda-t-elle. Michael dit que vous savez faire un rizotto extra, dans un grand plat, et que vous en faisiez toujours quand il invitait des copains, en Australie. Voudriez... voudriez-vous m'apprendre votre recette, tante Janette ?

La jeune femme ne put s'empêcher de rougir de plaisir. Les choses évoluaient, décidément !

— J'en serai ravie ! dit-elle. J'achèterai ce qu'il faut vendredi, et samedi nous préparerons cela dans l'après-midi.

Elle regarda sa nièce amicalement.

— Y aura-t-il quelqu'un auquel tu tiendrais particulièrement, Gaelle ?

— Je ne sais pas...

Elle eut un petit sourire hésitant, presque timide.

— Je veux dire que je ne suis pas sûre de tenir à lui particulièrement. Nous... nous en sommes seulement à essayer de faire connaissance. C'est un des amis de Michael. Il... il est très différent de tous les garçons que j'ai connus jusqu'ici.

Elle se mit à beurrer une tartine d'un air songeur.

— Il est très calme, reprit-elle, sur un ton d'excuse. (Elle sourit.) Pas du tout comme moi !

— Attends de le bien connaître pour le juger, conseilla Janette.

Gaelle servit le café à sa tante. Celle-ci prit place devant la table.

— C'est drôle, dit Gaelle, c'est ce que dit toujours Robert.

Elle parlait à mi-voix, comme pour elle-même.

Janette fut contente de ne pas avoir sa tasse à la main.

— Que dit... Robert ? demanda-t-elle.

— Il dit que j'ai toujours eu le chic pour m'emballer pour des garçons qui me ressemblent trop, répondit Gaelle. Il dit que j'ai besoin de quelqu'un de différent... pour faire contrepoids. Il dit aussi que je me lie trop vite, avant de savoir ce que valent vraiment les gens.

Elle rejeta ses cheveux en arrière et regarda Janette en souriant.

— C'était ça qu'il me disait le soir où vous avez cru interrompre une belle petite scène d'amour. Mais je pense que vous avez oublié ça.

— Je m'en souviens très bien, dit Janette.

Elle sourit avec effort.

— N'était-il pas normal que je croie cela, Gaelle ?

Gaelle secoua la tête avec bonne humeur.

— Pas quand il s'agit de Robert, dit-elle. J'aime bien les garçons pas trop jeunes, mais tout de même pas à ce point-là !

— A quel âge les garçons « pas trop jeunes » te plaisent-ils ? demanda Janette avec intérêt.

— Euh... vingt-cinq ans, par-là..., dit Gaelle après réflexion.

Elle se leva d'un bond.

— Je vais être en retard, dit-elle très vite. Il faut que je me dépêche. Je rentrerai avec Michael.

Quand Gaelle fut partie, Janette resta assise un long moment. Elle savait pourtant qu'il était l'heure de partir à son travail. « Ainsi, Robert a raison », se disait-elle tristement. Elle l'avait mal jugé depuis la première minute. Il ne faisait que causer avec Gaelle...

Elle se leva brusquement : à quoi servait-il d'épiloguer là-dessus ? Oui, d'accord, Robert n'avait rien fait de mal en ce qui concernait Gaelle. Mais quand il s'agissait de Helen, ce n'était plus la même chose.

Elle dut se hâter pour arriver à l'heure. Elle venait d'entrer dans son bureau et de brancher la bouilloire quand Robert parut.

— Juste à temps ! observa-t-il.

Elle rougit, sachant trop bien qu'elle était essoufflée et décoiffée par le vent.

— Aucune importance, reprit le cardiologue. Encore une semaine et vous serez tranquille.

Sa voix était bizarre. Janette leva les yeux et, malgré elle, elle franchit le mur de froideur qui les séparait.

— Robert..., êtes-vous malade ? demanda-t-elle, inquiète. Vous avez une mine épouvantable !

— Merci, répliqua-t-il en grimaçant un sourire. Je pense que c'est un peu de grippe, il y en a plein l'hôpital. Mais j'ai toujours trouvé que la dernière chose à faire était de s'avouer mal en point : je refuse d'admettre que j'ai peut-être attrapé le microbe. Et tout ira bien.

Janette ouvrit un tiroir.

— Prenez au moins de l'aspirine avec votre café, dit-elle d'un ton ferme.

Il prit le verre d'eau et l'aspirine qu'elle lui tendait et le cœur de la jeune femme chavira traîtreusement à ce dangereux retour à leur intimité d'autrefois. Le premier client se présenta fort heureusement, et elle s'empressa de reprendre la routine.

Quand Robert Cameron fut parti pour l'hôpital, Janette rêvassa longtemps devant sa machine à écrire. Pour la première fois depuis qu'elle avait appris la vérité sur l'accident, elle se permit de penser, mélancoliquement, à ce qui aurait pu être.

« S'il s'était agi d'une autre, se dit-elle, de n'importe quelle femme qui ne fût pas ma sœur, je me serais dit : « C'est une vieille histoire, c'est fini. Elle est arrivée bien avant que je ne le connaisse, personne n'est parfait et tout le monde peut faire une mauvaise action dans sa vie. Moi aussi, en quittant mon père comme je l'ai fait, j'ai été coupable. Très coupable... »

Oublier la malheureuse affaire...

« Non, je ne peux pas faire ça. Quand Helen s'améliore, quand elle commence à devenir plus raisonnable... Je ne peux rien faire qui lui rappellerait, à elle et à David..., ce qui s'est passé. Je suis revenue à la maison pour mon père..., pour mon père et pour mes enfants..., et si Robert et moi..., s'il y avait quelque chose entre nous, la situation deviendrait impossible pour nous tous. »

Et voilà. Il n'y avait rien à dire de plus. Il fallait tirer un trait sur l'épisode.

Soudain, elle n'eut plus le courage de demeurer dans son bureau. Tant pis : elle taperait ses notes le lendemain. Elle arriverait un peu plus tôt et tout serait dit.

Elle mit ses papiers en ordre, recouvrit sa machine, ferma la porte d'entrée et partit.

Durant l'après-midi, Janette observa sa sœur. Il y avait un énorme progrès dans l'attitude mentale de Helen. Et maintenant, l'amélioration continuerait.

Il n'y avait qu'un parti à prendre. Un seul. Renoncer au rêve...

— David rentrera de bonne heure, lui annonça Helen. Enfin, il rentrera de bonne heure s'il ne survient pas une urgence pour le retarder.

David rentra de bonne heure, en effet, mais tout de suite après le dîner, on l'appela de l'hôpital et il dut repartir.

— Pourquoi faut-il que ce soit toi ? gémit Helen, déçue. Je pensais que nous passerions la soirée ensemble.

— C'est un de mes malades qui a besoin de moi, répondit patiemment son mari. Je reviendrai dès que je pourrai.

Il était de retour une heure plus tard. Lucy était

couchée, le chien dans sa corbeille. Helen préférait
jouer aux cartes que de regarder la télévision.

— Puis-je jouer aussi ? demanda David en
entrant.

— Chut... Papa dort ! murmura Janette.

Le vieux médecin s'était assoupi dans son fauteuil.

— La partie est presque finie, ajouta Janette.
C'est naturellement Helen qui gagne. Helen gagne
toujours.

— Pas toujours, dit doucement Helen.

Janette en eut le souffle coupé. Helen ne parlait pas du jeu. Elle se tourna vers son mari.

— David, je pensais..., ne serait-ce pas plus pratique d'avoir un de ces fauteuils roulants qui se
plient en plus du mien ici ?

Elle parlait d'une voix unie, mais elle était soudain très pâle. Ses yeux brillaient, cependant.

— Il serait temps que je circule un peu plus,
tu ne crois pas ? ajouta-t-elle avec un sourire.

Janette, le cœur douloureux, devinait l'effort derrière ce sourire. Elle était éperdue de pitié pour sa
sœur.

— Tu pourrais m'offrir cela pour mon anniversaire ?

David ne répondit pas tout de suite. Janette,
malgré elle, observa son expression, et elle comprit
que le vieux médecin avait dit vrai : jamais, pendant toutes ces années, David n'avait cessé d'aimer
sa femme.

— Je peux te donner un fauteuil pliant pour ton

anniversaire si tu veux, dit-il, imitant le calme de
Helen. Et alors, nous pourrions faire ce que nous
faisions ce jour-là, il y a des années, quand Gaelle
était petite. T'en souviens-tu ?

— Tu veux faire un pique-nique dans la forêt ?
David hocha la tête.

Soudain, dans les yeux de Helen s'alluma un
sourire joyeux.

— Dans ce cas-là, dit-elle, pourquoi ne me
donnerais-tu pas un fauteuil avec quatre roues et un
moteur ? demanda-t-elle. Il y a des arrangements
spéciaux pour les gens qui n'ont pas de jambes...
Pourquoi pas pour moi ?

Elle tendit une main et David alla la prendre.

Discrètement, Janette sortit du salon.

« Ce ne sera probablement pas facile pour eux,
se dit-elle. Nous ne vivons pas un conte de fées où
tout finit bien..., mais c'est un commencement..., un
nouveau début, sûrement, pour Helen et David.
Une sorte de seconde chance... »

Et se rappelant le geste de sa sœur tendant la
main à son mari, David allant aussitôt prendre cette
main, Janette eut la certitude qu'ils profiteraient de
la chance et qu'entre eux tout s'arrangerait. Cela
prendrait peut-être du temps, cela prendrait certainement du temps, mais ils finiraient par se retrouver.

« Encore quelques jours ! se dit Janette en
ouvrant la porte du cabinet de consultation. Après

cela, quand je ne le verrai plus, ce sera moins dur. »

Elle acheva le travail laissé en suspens la veille, prépara les fiches des clients qui allaient venir, espérant que le premier arriverait avant Robert et qu'elle ne resterait pas seule en face de lui. Elle prépara le café comme d'habitude...

Le premier client arriva. La jeune femme se détendit.

— Bonjour, madame Jones, dit-elle avec un sourire. Asseyez-vous : le médecin n'est pas encore là, mais il ne va pas tarder.

Dix minutes plus tard, Robert n'était pas arrivé. Janette téléphona à l'hôpital pour demander s'il y avait été appelé aux premières heures, comme cela se produisait parfois, mais la surveillante de son service répondit qu'elle ne l'avait pas vu.

Janette raccrocha, soucieuse.

Certes, il n'avait pas l'air bien la veille, mais cela ne lui ressemblait guère de ne pas lui avoir laissé un mot, la priant de décommander les rendez-vous.

Elle réfléchit un moment, puis se décida.

— Madame Jones, dit-elle à la femme qui attendait, je m'en vais cinq minutes ; si le téléphone sonnait, voudriez-vous répondre et dire qu'on rappelle un peu plus tard ?

Elle monta à l'appartement de Robert, le cœur battant. La lampe était allumée dans l'entrée, bien qu'il fît grand jour. Elle appuya plusieurs fois sur le timbre électrique, mais n'obtint aucune réponse. Elle essaya d'ouvrir la porte : la porte s'ouvrit.

Après une brève hésitation, elle entra.

— Robert ! appela-t-elle à mi-voix.

L'oreille tendue, elle crut entendre quelque chose et ouvrit une porte, celle de la chambre du médecin.

Robert était couché, et au premier regard Janette sut qu'il était vraiment malade. Elle courut à lui et lui mit la main sur le front. Le front était brûlant. L'homme était à peine conscient.

En une seconde terrifiante, Janette crut que le sol s'ouvrait sous ses pieds. Robert malade. Dévoré de fièvre. Mourant peut-être ? A ce moment, elle sut ce qu'il représentait vraiment pour elle. Il était son univers. Il était l'homme qu'elle aimait...

— Robert..., mon chéri...

Elle lui prit la main. Il ne réagit pas.

D'un seul coup, elle retrouva son calme. Elle redevenait une infirmière expérimentée devant un malade gravement atteint.

Elle regarda l'heure : avec de la chance, elle pouvait toucher David avant qu'il ne partît pour l'hôpital. Le téléphone se trouvait sur la table de chevet. Elle forma le numéro particulier de son beau-frère. Il répondit aussitôt, s'inquiéta en reconnaissant la voix.

« — Janette !... Que se passe-t-il ? »

« — C'est Robert, dit-elle. Robert Cameron... »

Elle s'efforçait de garder une voix calme, professionnelle.

En quelques mots, elle expliqua que Robert

n'était pas descendu pour sa consultation et qu'elle était montée chez lui.

« — Je crois qu'il est au plus mal », dit-elle simplement.

Il y eut un instant de silence.

« — Je serai là dans cinq minutes, dit enfin David. Je verrai s'il faut l'emmener à l'hôpital ou le laisser sur place. »

Janette raccrocha. La seule idée de quitter Robert l'épouvantait, mais elle devait descendre et faire le nécessaire. Elle le recouvrit, mais il repoussa aussitôt drap et couverture, et elle partit en courant.

Rapidement, elle expliqua la situation à Mme Jones et à un autre client qui venait d'arriver : le Dr Cameron avait la grippe et ne pouvait recevoir personne. Quand Mme Jones et M. Vierek furent partis, elle épingla un écriteau sur la porte pour avertir ceux qui arriveraient, puis elle ferma et remonta. Elle lotionnait Robert pour faire baisser la température quand David parut.

— Parfait, dit-il. C'est ce qu'il y a de mieux à faire.

Il prit son stéthoscope et ausculta le malade. Janette vit son visage s'assombrir.

— Il ne s'est pas soigné assez tôt, dit-il enfin. Le voilà avec une pneumonie.

Il rédigea rapidement une ordonnance.

— Première chose : faire baisser la température. Ensuite, lutter contre l'infection. Mieux vaut ne pas le bouger. Tu peux rester auprès de lui ? Bien.

Je vais chercher ce qu'il faut chez le pharmacien...
Continue...

Par la suite, Janette ne sut jamais combien de
temps elle était restée au chevet de Robert, le lotion-
nant, lui donnant des remèdes, le calmant quand il
s'agitait. Deux ou trois fois, David revint le voir,
l'examina rapidement, repartit. Le soir, il dit à
Janette d'aller préparer du café et un repas pour
elle.

— Et repose-toi un moment, dit-il. Je reste là.
Je parie que tu n'as rien mangé de toute la journée !
J'ai vingt minutes ; va t'asseoir et détends-toi. Et
ne t'inquiète pas pour la maison : tante Meg est là
et s'occupe de tout.

Janette avala un sandwich à la hâte et but une
tasse de café, puis elle revint. Elle ne pouvait laisser
Robert plus longtemps. Il était terriblement agité
depuis une heure, marmonnait des mots sans suite...
Deux ou trois fois, il avait ouvert les yeux, mais s'il
voyait la jeune femme, il ne la reconnaissait pas.
Elle apporta du café pour David, mais s'arrêta au
seuil de la chambre : Robert parlait distinctement
tout à coup. Ce qu'il disait était compréhensible,
mais incohérent :

— Non, pas Jim ! N'importe qui, mais pas Jim !
Jim est un gamin !... Gâcher sa vie... Ça m'est bien
égal, ce que vous voulez... Non, vous ferez ce que je
dis, Helen !

Helen ? Janet sentit son sang se glacer. Lentement, David se tourna vers elle, la regarda.

— Que veut-il dire ? demanda la jeune femme. Qui est Jim ?

David secoua la tête.

— Il faut que je m'en aille, dit-il. Il faut que je m'en aille tout de suite. Non, je n'ai pas le temps de prendre du café...

Il partit comme s'il avait le diable aux trousses. Janette le suivit des yeux avec stupeur : n'avait-il pas dit qu'il resterait vingt minutes pour qu'elle se repose ? Il s'en était écoulé cinq à peine !

Un instant, elle s'inquiéta au sujet de son beau-frère, puis elle revint au malade. Robert était son grand, son unique véritable souci. Robert, son amour interdit...

Un peu plus tard, la fièvre baissa brusquement et le médecin malade s'endormit très profondément. Et à ce moment, Janette s'aperçut qu'elle était épuisée. Elle s'assit à côté du lit et elle était presque endormie, elle aussi, quand David revint. Tout de suite, elle fut réveillée.

— Il est beaucoup mieux, dit-elle vivement. Il dort. Je crois que tu l'as tiré d'affaire.

David observa un long moment l'homme qui respirait paisiblement.

— Oui, maintenant, ça va, dit-il, mais il faudra qu'il se ménage pendant un bon bout de temps. Tu y veilleras, n'est-ce pas ?

La jeune femme secoua la tête. La fatigue et le chagrin lui serraient la gorge.

— Je ne peux pas, tu le sais bien, dit-elle d'une

voix sourde. Moins je verrai Robert Cameron, mieux
cela vaudra... Pour nous tous...

David s'assit brusquement sur une chaise.

— En te quittant, je suis allé tout droit à la
maison, dit-il. J'ai parlé à Helen. Certaines choses
que Robert a dites dans son demi-délire... Je com-
mençais à me poser des questions. Alors, je suis
allé... arracher la vérité à Helen.

Janette le regardait avec stupeur. Elle sentait le
sang se retirer de son visage.

— Arracher... la vérité ? murmura-t-elle.

— Ce n'est pas avec Robert qu'elle partait,
reprit David avec tristesse. C'était avec Jim Lin-
ton..., un tout jeune médecin récemment arrivé à
l'hôpital..., marié depuis un an... Sa femme attendait
un enfant pour un jour prochain... Je... je savais
que Helen avait de la sympathie pour lui, mais...
je n'aurais jamais imaginé qu'il... s'agissait d'autre
chose. Je n'ai pas pensé à Jim un seul instant quand
j'ai lu la lettre... et naturellement, quand Robert
m'a téléphoné pour m'annoncer l'accident..., ma
foi, j'ai cru que c'était lui. Cela paraissait évident...
et ils n'ont rien dit, ni l'un ni l'autre.

— Mais pourquoi ? demanda Janette, déroutée.
Pourquoi Helen ou Robert n'ont-ils rien expliqué ?

David se passa la main sur les yeux.

— Robert avait découvert ce projet de fuite
romanesque, dit-il. Il a poursuivi Helen et Jim, les
a rattrapés, sermonnés, menacés, je suppose. Pour
finir, il a renvoyé Jim à sa femme, en promettant
de garder le silence sur l'aventure. Jim, je crois,

n'avait pas la conscience tranquille : il est reparti sans faire de difficulté. Et Robert a annoncé à Helen qu'il la ramenait chez elle, en lui faisant la même promesse. Il lui a enjoint de se taire aussi : comme je te l'ai dit, la femme de Jim devait accoucher incessamment et Robert avait peur d'un choc, pour elle et pour l'enfant. Comme tu peux le deviner, Helen n'était pas contente... Elle l'a dit sans ménagement à Robert sur le chemin du retour, et finalement, dans un geste de colère, elle lui a pris le bras violemment... Tu connais le reste...

Janette assimilait laborieusement ce qu'elle venait d'entendre.

— Robert pensait à Jim et à sa femme, dit-elle enfin. Je suppose qu'à son idée, tout au moins au début, il devinait que toi non plus tu ne voudrais rien dire de cette histoire pénible. L'accident a tout compliqué..., tout empoisonné...

David hocha la tête.

— Un mois plus tard, Jim et sa femme partaient pour l'Amérique, dit-il, probablement sur le conseil de Robert.

Il se leva.

— Nous ignorerons probablement toujours certains détails, soupira-t-il, mais... après l'accident, Helen ne s'est pas souciée un seul instant de ce que nous pensions.

D'un air confus, David regarda sa belle-sœur.

— Helen est égoïste, nous le savons tous. Et à ce moment-là, elle était tellement absorbée par ses souffrances et ses problèmes que notre opinion sur

Robert, à son père et à moi, lui importait peu. Et nous..., nous aussi, nous étions bouleversés. Nous n'avons pas cherché à en savoir devantage.

— Pourtant, murmura Janette, aujourd'hui, Helen a parlé. Comment as-tu réussi... à rompre son silence ?

David rougit.

— Je lui ai dit, c'était la vérité, que Robert avait parlé de Jim dans son délire. J'ai ajouté, ce qui était moins exact, qu'il allait peut-être mourir, et j'ai exigé de savoir ce qui s'était réellement passé. Alors elle m'a tout dit. Je ne crois même pas que cela lui ait coûté... C'était surtout pour elle une question d'amour-propre... Et puis, ayant gardé si longtemps le silence, elle ne savait pas comment le rompre. Il suffisait que je lui ordonne de parler. Tu avais raison, Janette : l'autorité et la fermeté, à condition qu'on n'en abuse pas, sont souvent nécessaires.

Restée seule auprès de Robert endormi, Janette comprit que toute cette histoire avait été pour Robert une épreuve amère. Savoir que David, un ami, et le Dr Martin, un homme qu'il respectait et admirait, l'avaient condamné sans même chercher à comprendre ce qui s'était passé, avait été, sans nul doute, un coup affreux.

Avant de la quitter, David lui avait dit encore quelque chose :

— J'ai tout raconté à ton père...

Ainsi, il n'y avait plus d'obstacle entre Robert et elle. Rien ne les empêchait de s'aimer.

Rien...

« Sinon mon manque de confiance en lui, se dit la jeune femme douloureusement. J'ai fait la même chose que David et père : j'ai cru que Robert avait commis un véritable crime, je n'ai réclamé aucune preuve, aucune précision. Il ne me pardonnera jamais. »

Plus tard, beaucoup plus tard, les larmes ayant séché sur ses joues, elle finit par s'endormir, exténuée.

Elle se réveilla en sursaut. Robert la regardait.

— Vous avez une tête épouvantable, dit-il d'une voix singulièrement ferme.

Il tendit une main et caressa furtivement les cheveux de Janette.

— Vous êtes coiffée en tête de loup, vous êtes livide, et vous avez pleuré. Pourquoi avez-vous pleuré, Janette ?

La jeune femme respira à fond, et elle répondit à la question. Elle dit tout. David avait entendu des phrases qui l'avaient alerté, prononcées par le malade dans son délire.

— Il est allé interroger Helen. Et Helen, enfin, a dit la vérité.

— Ainsi, le tribunal a prononcé un non-lieu ! dit Robert.

Chose incroyable, il y avait une nuance de taquinerie joyeuse dans sa voix.

— Pourquoi diable vous a-t-il fait pleurer ? demanda-t-il.

Janette le regarda. Soudain, une lueur d'espoir éclairait son cœur.

— Robert..., comment me pardonneriez-vous ? demanda-t-elle d'une voix frémissante. Je... je ne sais même pas que dire pour ma défense !

— Alors, ne dites rien, répliqua-t-il. Venez ici... Plus près ! Vous avez dû m'administrer assez d'antibiotiques pour assassiner tous les microbes à des miles à la ronde.

— David vous recommande de vous ménager, dit Janette l'infirmière.

— Soyez tranquille, je lui obéirai, répliqua Robert. Et vous y veillerez sûrement. N'êtes-vous pas un vrai tyran ?

Janette se pencha et l'embrassa brièvement, mais avec une chaleureuse tendresse. Elle lui sourit.

— Attendez un peu, Janette, mon amour..., murmura Robert d'une voix ensommeillée.

Janette veilla sur lui tandis qu'il s'endormait.

« Oui, pensait-elle, le cœur débordant d'amour, oui, je vous attendrai, Robert. »

Et déjà, elle devinait que l'attente ne se prolongerait pas.

FIN

Achevé d'imprimer
le 2 décembre 1976
sur les presses
de l'imprimerie Cino del Duca,
18, rue de Folin, à Biarritz,
N° 675.

Dépôt légal : n° 83.   1er trimestre 1977.